五木寛之

人生の目的

GS
幻冬

まえがきにかえて

『人生の目的』とは、なんという野暮なタイトルだろう。いまの言葉でいうなら、あまりにもベタ過ぎる表現である。

しかし、それがわかっていても、この本を上梓《じょうし》したときの気持ちは、これしかない、というのが実感だった。

この『人生の目的』は、かなり以前に私がまとめた本である。先日、本棚の隅《すみ》にホコリをかぶっていたその一冊を、なにげなく手に取って読み返す機会があった。そして最初の一ページの記事の引用を読んでいるうちに急に胸が苦しくなった。

そもそも、この本を書くきっかけとなったのは、当時の新聞の片隅にのっていたその小さな記事である。それを目にしたとき、私は胸が締めつけられるような肉体的な痛みをおぼえた。こんなことがあっていいのだろうか、とも感じた。

最近、親に虐待《ぎゃくたい》されて亡くなった子供たちの手記や日記をしばしば目にすることがある。「ゆるしてください」という文字に心が痛む。

しかし、「ぼくはおかあさんのことをうらむ」という男の子の書き置きを読んだときの衝撃は、異様なものだった。その言葉は、いつまでたっても私の記憶から去ることはなかった。

〈生きるということは、どういうことなのか〉

〈人はなぜこれほど辛《つら》い思いをしてまで生きなければならないのか〉

と、いうのが私の率直な疑問である。『人生の目的』とは、一体なんだろう、とはじめて真剣に考えたのだ。

その結果は？　私にはついにその問いに答えることができなかった。今でもそうである。人生を締めくくる時期に達しても、なお確かな答えはみつからないままである。

そんななかで書かれた本に、気のきいた題名など、どうしてつけることができるだろう。

無理をして結論めいた言葉をつらねてはみたが、正直なところ「わからない」というのが本音である。しかし、私の感じている胸の痛みは、フィクションではない。団地の高所から父親と共に飛びおりた子供の言葉は、いまも固いしこりとなってそのまま残っている。

今は本棚の片隅に立てかけられている色褪《あ》せた本だが、野暮を承知で版を改めて再刊することにした。少くともここには、私の本音が刻まれていると感じたからだ。この本に答えはない。同じ痛みを共有できる読者の存在を願いつつ、この小冊子を世に送ろうと思う。なんという野暮な題名だと笑っていただければ幸いだ。

人生の目的　目次

肉親について　

※この作品は、『人生の目的』（一九九九年刊）を再編集した新書オリジナルです。

なぜいま人生の目的か

胸につきささる事件のこと

悲惨《ひさん》な事件といえば、これほど悲惨な事件はない。中村元《はじめ》さんの著書『自己の探究』(青土社・一九八八年刊)のなかで紹介されている、ある心中事件のことである。

一九七七年の事件だから、いま(刊行時一九九九年)から二十数年前のことになる。その年の四月十三日の新聞に記事が出たそうだが、私の記憶にはない。たぶん何かの理由で見落としてしまったのだろう。

中村さんはその記事の内容を、こんなふうに要約されておられる。《運命の共感から愛情へ》という章の一部であるが、その箇所《かしょ》だけを抜きだして引用させていただく。

〈(前略) 東京都板橋区高島平《たかしまだいら》の団地の高層建物から、合板会社の工員、山中了《さとる》さんと、長男の小学校四年生、敏弘君(九つ)、次男の同一年生、正人君(六つ)が、飛び降り自殺をした。父親は二人の子を抱きかかえるようにして死んだ。父親は妻に蒸発され、まじめに働いていたが、子どもの世話で「疲れた」といっていたという。父親のズボンのポケットには一〇円銅貨が一枚残っていただけであったということが、背後の事情をものがたっていた。こどもの手帳には、「おかあさん、ぼくたちが天国からおかあさんのことをうらむ。おかあさんもじ国(地獄)へ行け、敏弘、正人」

と書いてあったという。(後略)〉

いまさら書くまでもないことだが、中村元《はじめ》さんはインド哲学の世界的な権威者《けんいしや》でいらした。仏教思想研究の大家でもあり、人間の生と死に関する考察も多い。私にとっては雲の上の人だった。その大学者の中村さんが、この世俗的な事件の記事に触《ふ》れて、

「胸をしめつけられた」

と率直《そっちょく》に述べておられることに、私はわけもなく感動した。また、こうも書かれている。

〈生活に困窮して自殺した人々の例は、幾《いく》らでもある。しかし、この頑是《がんぜ》無いこどもたちは、自分たちには何の罪もないのに、自分が死なねばならぬ、ということを意識している。——他の同年齢のこどもたちが幸福に暮しているのを知りながら。

さらに最も大きなファクターは、このこどもたちが母親を怨《うら》み、呪《のろ》っていること

とである。自分にとって最も愛情をもってくれる最後の人であるはずの「母」を怨んでいる。このこどもたちは心情的に絶望の底に陥《おちい》っている。この世に生を受けた人たちのうちで、最も悲惨な人と言わずして、何と言えようか。（後略）〉
「おかあさん、ぼくたちが天国からおかあさんのことをうらむ。おかあさんもじ国へ行け、敏弘、正人」
という子供の手帳に残された短い文章を読んで、私は言うべき言葉もなかった。ただ、ため息をつくしかない。〈地獄〉と書くはずのところを、〈じ国〉と書いている部分に、なんともいえないリアルな感じがあり、「おまえもじ国へ行け」と、自分の胸に指を突きつけられるような気がした。
この事件から二十数年がたつ。そして最近《さいきん》、私たちはふたたび〈母と子〉の問題を考えさせられる深刻な事件を知らされた。二十数年前の事件では、母親が子供二人を捨てて蒸発したというのが、その背景としてあった。しかし今回は、さらに悲惨である。実の母が愛人である男と組んで、保険金めあてに高校生の息子《むすこ》を殺した疑いで逮捕された、と新聞は報じていた。事実はまだわからない。裁判をつうじて真相が明らかになるのは、これからだろう。しかし、親が子供を捨てて蒸発する時代から、親が子供を殺す時代になってきたらしいことはたしかである。

あたりが暗くなってきたという感覚

こういう時代をなんといえばいいか。宗教家からはよく「末法《まつぽう》の世」などという言葉をきくが、末法どころか「無法の時代」とでもいえそうである。

仏教の考え方のひとつに、世の中や時代はどんどん悪くなってゆく、という見かたがある。「正法《しょうぼう》の時代」から「像法《ぞうほう》の時代」へ。そこから「末法《まっぽう》の時代」へとうつり、最後は「法滅《ほうめつ》の世」となる。ブッダのともした偉大な教えの灯火《ともしび》が、しだいに油が切れて、小さく、かすかになっていくイメージだ。「末法《まっぽう》の時代」は一万年つづくとされているから、現在はまだ「末法の世」ということになるだろう。しかし、時の車輪は加速度的に急速に回転してゆく。最近の科学や技術の変化の激《はげ》しさは、むかしの百年がいまの十年だ。時代はすでに「無法の時代」に突入してしまったとしか思えない。仏教ではこれを「法滅《ほうめつ》の世」というらしい。

現在を「末法《まっぽう》の時代」と考えるか、「法滅期《ほうめつき》」ととるか、言葉の論議はそれほど大事なことではない。重要なのは、あたりが暗くなってきた、と感じるか感じないかだ。闇《やみ》を照らしていた灯火《ともしび》が小さくなり、光が揺れ、いまにも消えそうにまたたいている。その心細さをひしひしと皮膚《ひふ》で感じるか、感じないかということである。

しかし立場をかえれば、部屋の外は明るいぞ、という見かたもあるだろう。東の空はすでに白《しら》みかけている、夜明けはちかいのだ、暗い室内で油の切れかかった灯火の心配などやめて、窓の外に目を向けたまえ、と励ます声もあちこちからきこえてくる。

しかし、私の感じかたはちがう。夜はようやくはじまったばかりだ。これからさらに夜はふけてゆく。どこまでつづくかわからない深く暗い夜だ。そういうときに、部屋の闇を照らす灯火が、しだいにほそく、小さくなってゆく。ガラス戸のすきまから吹きこんでくる風に、灯火はいまにも消えそうに揺れている。

思うことはいろいろある。トルコ、ギリシャ、台湾、メキシコと、たてつづけに大きな地震がおそった。現代の科学の水準では、地震の予知はできないという。

しかし、台湾で起こった地殻《ちかく》の変動が、決してこの列島では起きないと考えるのは自然でない。それこそ非科学的な態度というものだ。また、このところ核利用施設の事故があいついで発生した。今後、いつか、どこかで、もっとひどい大災害がひきおこされるかもしれない。そう考えるほうが、むしろ現実的なものの見かたというものだろう。

そんなことを心配するのを「杞憂《きゆう》」というんだよ、と笑われそうだ。キユウとは、むかし中国の杞《き》の国の人が、天が崩れ落ちるのを心配したという話から出た言葉である。取り越し苦労とか、無用の心配とかいった意味で使われることが多い。

天が崩れ落ちることなんか心配するより、道で転んでケガをしないようにしろよ、とは、よく言われる言葉だ。たしかにそのとおりではある。しかし、やがてくる地震のことを考えるのは「杞憂《きゆう》」ではない。核施設の大事故を心配するのも、決して「杞憂《きゆう》」ではない。

なぜ自殺者が劇的に急増したか

ちがう面で気になることもある。私はこの国が、長寿大国という結果だけを強調されることに、ずっと疑問を抱《いだ》きつづけてきた。そして、この世界に冠《かん》たる長寿大国が同時に世界有数の自殺大国であることを、ことあるごとに言いつづけてきた。

平成三年に一万九千八百七十五人だった自殺者の数は、年々増えつづけ、ついに平成九年には二万四千三百九十一人と、二万四千人台に達した。このことをふまえて、平成十年には必ずや二万五千人台に突入するだろうと、勝手に予想して、あちこちで書いたり、しゃべったりしてきたのだ。

ところが、私のその予想は、まったく当たらなかった。驚いたことに、平成十年の自殺者数は、一挙《いっきょ》に三万人の大台を超《こ》えたのである。一九九九年九月二十八日の朝日新聞の記事によれば、警察庁調べとして、平成十年の自殺者数を三万二千八百六十三人、と報じている。前年とくらべて三十四・七パーセントの増で、過去最悪の数字、と紹介してあった。二万五千人を超えるだろうという私の予測など、たちまち吹きとばしてしまったすごい数字である。

それにしても前年比三十四・七パーセント増というのはただごとではない。ことに五十代では四十五・七パーセントの増加である。三、四十代でも三十パーセント前後の増えかただという。

これを「長引く不況が中高年を直撃した」と、解説するのは簡単だ。どの新聞でも、もっぱらそういう言いかたがされている。しかし、平成十年以前にもっとも多くの自殺者を記録したのは、じつは一九八六年のことなのだ。この年、警察庁の調べでは、二万五千五百二十四人と、過去最悪の数字を示している。一九八六年といえば高度成長がさらに加熱して、いわゆるバブル経済の上り坂へ向けて助走しつつあった時期である。世間は豊かさを謳歌《おうか》していた。その年から数年のあいだ、日本じゅうが好景気に沸いた時期に、自殺者の数は連続して二万人を超えていたのである。

これを見ると、不況イコール自殺の増加、という分析は、どうも当たっていないような気がする。景気さえ回復すれば、自殺も自然に少なくなる、とは思えないのだ。人がみずから死を選ぶのは、経済や政治の問題だけではない。公共投資や、福祉政策の充実によって自殺が目に見えて減ると考えるのは、あまりにも人間の心を知らなすぎる見かただろう。

だからこそ、いま、あらためて「人生の目的」などという野暮《やぼ》なことを考えてみたいと思うのである。

雨にも負け、風にも負け、それでも生きつづける

地震を避けることはできない。核兵器や原子力の施設を世界じゅうから一挙《いっきょ》になくしてしまうこともむずかしい。そのためには粘りづよい努力を、ながい時間をかけてつづけなければなるまい。また病気や、事故にあう可能性は、誰にでもある。老いや死も、百パーセント確実な私たちの明日《あす》であり、失業や破産、そして犯罪など、目に見えない地雷のようなものが私たちの行く手のあちこちに埋まっている。

二十数年前に高島平《たかしまだいら》団地の階上から飛びおりた父親を、私たちは他人として考えることができるだろうか。私は子供を抱《かか》えるようにして死んだ父親を、自分のように感じる気持ちがある。「おかあさんのことをうらむ」と手帳に書いた小学

生を、これも自分の一部だと思ってしまう。

世間を騒がせるような凶行《きようこう》に走る殺人者も自分の一部であり、高校生の息子に睡眠薬を飲ませて殺させようとした母親もまた私と同じ人間の仲間なのだ。

中村元《はじめ》さんは、飛びおりた親子の事件に触れて、「運命の共同感」ということを書かれていた。同時代に、同じ人間として生まれてきたということをひとつの運命として考えれば、世の中にただ一人として縁《えん》なき他人というものはいない、といわれるのだ。

私もまた灯火なき暗夜に生き悩む人間の一人である。私たちがこの暗さに耐えて生きるためには、あたりを照らす灯火を探さなければならない。どんなに小さな灯《ひ》でも、それが力になるだろう。それを「希望」と呼ぶか、「人生の目的」と呼ぶか、または「信念」と呼ぶか、それは各人の自由である。しかし、それは年金や保険のように、かたちのあるものではない。地震や、戦争や、病気や、人間関係や、もろもろの出来事に絶対に負けない方法《ノウハウ》でもない。むしろ、雨にも負け、風にも負け、それでもなおかつ生きつづけるための心のなかの何かである。それを仮《かり》に「人生の目的」と名づけてみただけだ。あまりにも正面切った古風な文句で、いまの時代には野暮《やぼ》の骨頂《こっちょう》と笑われかねない題名だと自分でも苦笑する気持ちがある。しかし、野暮でもいい。月並みでもかまわない。人生をギャグで茶化《ちゃか》すのもひとつの知恵だが、ここでは最近もっとも流行《はや》らない正面切ったやりかたで大事なことを考えてみようと思う。

ともあれ、人生にはたして目的はあるのか。

まず、そこからはじめるしかなさそうだ。

人生に目的はあるのか

人生に目的はあるのか。

私は、ないと思う。何十年も考えつづけてきた末《すえ》に、そう思うようになった。

人生に決められた目的などというものはない。人間は人生の目的をもたなくても、生きてゆくことはできる。はっきりした生きる目的をもたずに、その日その日をなんとなくすごしている人たちは少なくない。また、生きのびるだけで精いっぱいで、なんのために生きるのか、自分の人生の目的とは何か、などと考える余裕《よゆう》さえない人びとも世界じゅうにたくさんいる。

「それを言っちゃ、おしめぇだぜ」という声がきこえそうだが、人生に万人共通の目的などというものはない。人間はこうでなくてはならないという、道徳的な規則などない。あらかじめ決められている法律のような人生の目的というものを、私は想像することができない。要するに、身《み》もフタもない言いかただが、万人に共通の人生の目的などというものはない、と私は思う。

しかし、それですめば世の中は簡単だ。ああ、そうですか、で、終わってしまう。だが人間というやつは、なかなか厄介《やっかい》な生きものである。人生に目的がないとなると、急にがっくりする気持ちがどこかにある。生きてゆく張りがなくなってしまうのだ。そして八方ふさがりの困難な状態に追いこまれたりすると、ああ、もう面倒くさい、生きるのよそうか、とすべてを投げだしたくなったりする。

人生に目的はない、と割り切っても、一方で、目的のない人生はいやだ、となぜか思ってしまうのだ。目的なき人生は不安でもあるし、頼りなく、ふらふらした感じがする。やはり人生に目的をもちたい、と思うのが自然な人間の心のはたらきだろう。人はおのずと生きていることに目的を求めるのだ。それは生まれた川へ帰ってくる鮭《さけ》や、渡り鳥などと同じような、生物の一種の本能なのかもしれない。

しかし、世の中には、目的などはどうでもいい、自分は当面の目標をもっている、それで十分ではないか、と考える人がいる。当面の目標に向かって一歩一歩すすんでいくのが生き甲斐《がい》だ、という人は決して少なくない。また具体的な目標も身の回りにはいくらでもある。

希望の大学に合格すること。安定した職業につくこと。自分の能力に向いた仕事で活躍すること。理想の恋人を獲得すること。四十歳までに自分の家を建てること。外国語やパソコンをマスターすること。スポーツに熱中して国際的な大会に出場すること。芸能界にはいって有名になること。行政府や立法府で国の経営に参画《さんかく》すること。アルマーニのスーツをビシッと着こなすこと。介護や福祉の仕事について働《はたら》くこと。大金持ちになること。美容師の国家試験にパスすること。

バイクを走らせること。幸せな家庭を築くこと。病気を克服して健康をとりもどすこと。運転免許をとること。そのほかいくらでもある。

二十歳のころの私の目標は、とりあえずきょうの食い物にありつくこと、そしてなんとか大学の授業料を払えるだけの貯金をすること、その二つだった。しかし、それはなかなか両立しがたい目標である。かろうじて毎日なんとか食いつなぐことはできたが、結局、授業料のほうは滞納《たいのう》に滞納を重ね、ついに抹籍《まっせき》となった。あらためて授業料の滞納分を払って正式に中退したのは、それから三十年以上たってからのことである。

人間とは不自由な存在である

こうできたらなあ、という夢なら、いくらでもあるだろう。一人前のヤクザになりたいと本気で夢みている少年もいるはずだ。弁護士になって市民運動を応援する、というのもひとつの夢だ。ベンチャービジネスをおこして、国際的な成功をかちえるという夢もある。

思うに、すべての人は、その人なりの目標や夢をもっている。名声、権力、金、そして健康。やり甲斐のある仕事というのもあれば、愛という見えないものを必死で求める人もいる。また憎しみをバネに生きている人もいる。

目的や目標なんて面倒くさい、その日その日を漫然とすごしているのが一番さ、という人もいるだろう。しかし、そんな暮らしを維持《いじ》するのも、それはそれで、なかなか大変なことなのではあるまいか。

こうして並べたてたいろんなことを考えてみても、人生の目的というものは、それらの具体的な目標とはちょっとちがう問題のような気がするのは私だけだろうか。

たとえば、

「自己実現こそが人生の最高の目的である」

などという言いかたがある。そういうことを説《と》く本は、むかしから少なくなかった。心の奥に眠っている自己の無限の可能性に気づき、それを引きだし、最大限に個性と才能を花ひらかせる生きかたこそ人生の目的である、というような主張だ。なるほど、と一応は納得《なっとく》する。しかし、なぜそうしなければならないのか、などと言いだしてしまえば話はつづかない。父親と一緒に建物の上から飛びおりようとする小学生の兄弟に向かって、「自己実現が人生の目的なんだよ」などと本気で言えるだろうか。

自己のうちに眠る無限の可能性、という。しかし、思わず笑ってしまうが、人間は自分の身長すら思うとおりにはできない頼りない存在なのである。私は若いころ、あと五センチ背丈《せたけ》があれば、と、しばしば思ったものだった。いまでもそう思うことがある。私の体型だと、既製服《きせいふく》がなかなか合わないのだ。サイズが少ない上に、必ず袖《そで》を短くつめなければならない。靴もそうである。幅広甲高《はばひろこうだか》、おまけに真性偏平足《しんせいへんぺいそく》ときている。形《かたち》のいい靴は、絶対に古い日本人タイプの私の足には合わないのだ。

もしも本当に人に無限の可能性があるのなら、誰にでも変えたいと思うところは数えきれないほどあるだろう。それはどうにもならないことに多い。しかし、そんなことを言えば、前向きタイプの人からは、笑って反論されるかもしれない。無限の可能性というのは体型や運動能力のことではないんだよ、人間の内面的な創造力のことなのさ、と。

しかし、私は人間をひとりひとり全《まった》くちがう存在として考えている。そして、そこにこそ人間の価値があるのではないかと思っている。

人間とは不自由なものである。私たちはオギャアと生まれる瞬間から、いや、その前の受胎《じゅたい》の段階から百人百様の異《こと》なった条件をあたえられてスタートするのだ。努力や誠意でそれを変えることはできない。

仏教の開祖《かいそ》とされる釈迦《しゃか》、いわゆるブッダが説いた四つの真理の第一は、「人生は苦《く》である」という考えだった。私たちの存在を本質的に苦と見るのだ。生きるということは、すなわち苦しみである。そして、その苦の世界から解放される方法を、ブッダは論理的に、くわしく究《きわ》め、それを人びとに説きつづけた。

人が生きるということは苦しみである。そのことを悟《さと》り、その苦しみから自由になることを考え、そしてその方法を人びとに教えること、それがブッダの人生の目的だったのだろうか。

ともあれ人生を苦と見る考えかたには、逆らいがたい迫力がある。〈苦〉と訳したのは中国人だ。もともとのサンスクリットの言葉では〈思うにまかせぬこと〉〈思うとおりにならないこと〉といった意味もふくまれているらしい。それを〈苦〉と訳してしまうと、少しずれてくる感じがなくもない。「人が生きるということは、思うにまかせぬこと」である、といってもらえばよくわかる。人間というものは、自分の思うとおりにはならないものなのだ。そう考えると、運命、という言葉や、宿命、という表現がふと頭にうかんでくる。そもそも私たちはこの世に誕生する瞬間から、そういう不自由なものを背負って生まれてくるのではないか。

私たちは自分で、生まれてくる家を選ぶことができない。親も、兄弟姉妹《きょうだいしまい》も、私自身が選んだものではない。生まれる国も、民族もそうである。大都会か、砂漠のまんなかか、それとも南海の孤島か。肌の色や髪の色もそうだ。黒の髪でなく金髪に生まれてきたかった若者もいるだろう。男か、女か。また生まれる時代にしても勝手に選ぶことはできない。私は小学生のころ、講談本で伊賀《いが》や甲賀《こうが》の忍術つかいの話を読み、自分が戦国時代に生まれてこなかったことを心の底から口惜しがったものだった。

才能が開花するのも運命ではないか

人間には「生まれつき」ということがある。野球のイチローや、ゴルフのタイガー・ウッズや、画家のピカソのような、生まれながらに普通でない能力をあたえられて誕生してくる人間がごくまれにいる。そんなふうにいえば、たぶん反論する人もいるだろう。

「玉磨《みが》かざれば光なし」

と、昔から言うではないか。どんな宝石の原石であっても、削って、かたちをととのえ、丹念《たんねん》に磨かなければ燦然《さんぜん》と輝くことはない。才能だけで成功することはできない。努力、精進《しょうじん》、忍耐、経験、それらこそが天与《てんよ》の才能を世に出すのだ。

天才は努力によってつくられる、昔からそう言うではないかと。

たしかにそのとおりだと思う。ずばぬけた反射神経や運動能力をもって生まれてきただけでは、必ずしも超一流のスポーツマンにはなれない。天才的な素質をもちながら、世に出ず無名のままに埋もれた人は、いくらでもいる。ひょっとしたら、そういう人のほうが多いのかもしれない。画家における造形感覚や色彩感覚もそうである。それをどう育て、開花させるかは大問題である。厳しいトレーニングも必要だ。

しかしそのためには、まず環境に恵まれているか、いないかが大事な条件である。しかし、環境とは何か。それは本人以外の周囲の問題ではないのか。まず、どんな家庭に生まれたかによって、本人の将来は大きく左右される。子供のときからその子の才能を注意ぶかく見抜いて、そのすぐれた能力の方向へ自然に導《みちび》いてくれる親がいるか、いないか。家庭にそれだけの経済的な余裕があるか。もし、その日の食事に困るような貧しい家であっても、なんとかその子の才能を育てやりたいと家族や肉親が愛情を注《そそ》ぐような家庭に恵まれているかどうか。

イチロー選手の背後には、彼の才能を信じて共に努力した親がいた。すぐれたコーチや先輩にも出会ったはずだ。励ましてくれたファンもいただろう。多くの人びととの出会いと縁があって、はじめて彼の努力はみのり、才能は花ひらいたと私は思う。

ピカソの父親はマラガの美術工業学校の教師だった。彼は息子に幼いころから絵の教育を受けさせ、画家としての基礎のトレーニングのためにいくつもの美術学校に学ばせた。

私は若いころ、バルセロナのピカソ美術館をおとずれて、ピカソがまだ幼かったころに描《か》いた作品を見たことがある。古典的ともいえる端正な構図の作品だったが、その描写《びょうしゃ》技術の水準は大家の筆といってもなんの不思議《ふしぎ》もない完成度を示していた。美術工業学校で教師をつとめながら、それでもひそかに芸術家として世に出ることを考えていたピカソの父親は、幼いピカソの描いた絵をひと目見て、自分の画家への夢を即座に断念したという。この子は生まれつきの芸術家だ、しかし自分はそうではない、と。

彼は残酷な事実を率直に受け入れたのである。そして彼はその後、ひとりの教師として黙々《もくもく》と働《はたら》きつづけた。天与《てんよ》の資質《ししつ》というものの圧倒的なすごさの前に、彼は若いころからの自分の夢が音をたてて崩れていくのを感じたにちがいない。

しかし、この父ありせば、という気がするのは私だけだろうか。そこにもまた運命というものの存在を、感じるのは、まちがっているだろうか。

人生とは思うようにはならないものである。人はどんなに不愉快でも、そのことを認めないわけにはいかない。人はひとりひとり、すべて異《こと》なったものとして誕生する。身体的な条件はいうまでもない。百八十センチを超える身長に恵まれる者もあれば、青年期に達しても百五十センチ前後の者もいる。万能スポーツマンもいれば、さまざまな場所にハンディキャップをもつ人たちもいる。体型、容《よう》貌《ぼう》、体力、すべてそれぞれにちがう。難病の遺伝子を受けついだ者もいれば、あらかじめ短命が予測される不幸な子供もいる。

それらのことは、すべて本人の責任ではない。努力や忍耐にも関係がない。前《ぜん》世《せ》で悪いことをしたから、などと言う連中もいるが、とんでもない話だ。先祖の霊のたたりを信じたりするのも、やめたほうがいい。人がそういう話につい耳をかしたくなるのは、人間がなぜこれほど不公平に、不自由に生まれてくるのか、その理由がどうしても納《なっ》得《とく》いかないからだろう。

努力と勇気も天与の資質という考えかた

しかし、納得のいかないのは、各人の外面的なちがいだけではない。くやしいことに、人は内面にもまた、さまざまなちがいをあたえられて生まれてくるのである。

私たちは悲惨な境遇のなかから、つよい意志とたゆまぬ努力をもって、世のため人のためにすばらしい仕事をやり遂《と》げた人物を何人も知っている。ハンディキャップを明るくはね返しながら、天才的な業績をあげた科学者も知っている。そういう人たちの存在は、自己を信じ、勇気と希望をもってひと筋に努力すれば、おのずと道はひらけるという実例だろう。

しかし、努力とは何か。勇気とは何か。それもまた生まれつき偶然《ぐうぜん》にあたえられた資質の一部なのではないか。それを私はどうしても考えてしまうのだ。

私は努力が苦手《にがて》な少年だった。目標をたてて、毎日少しずつそれを実行しようと決心しても、長つづきしないいわゆる三日坊主《みっかぼうず》というタイプだった。日記をつけるのもそうだった。一月はまだちゃんと書きこんであるが、二月になるとちらほら、三月からあとはまっ白なページがつづく。そのくせ毎年、暮になると日記帳を買った。

マスターベイションをやめようと決意して、ズボンをうしろ前にはいて寝たこともある。しかし、これも意志が弱くて成功しなかった。〈克己《こっき》〉と半紙に大きく書いて机の前に貼《は》ったことが何度あったことだろう。己《おの》れに克《か》つ。しかし、すぐにそれが無駄な抵抗だと知らされると、自分がいやになってしまう。そんな自分とくらべて、目標を決めると必ずやり遂《と》げるタイプの仲間には、つよい劣等感をおぼえないではいられない。毎日のように黙々と努力をつづける友人を見て、ある日ふと、けしからぬことを考えた。

「あいつは努力が好きなタチなんだ。そうだ。努力することがぜんぜん苦にならず、むしろそのほうが楽しいやつなんだ。世の中にはいろんなタイプの人間がいる。走るのが速いやつもいれば、おそいやつもいる。歌がうまいやつもいれば、下手《へた》なのもいる。それと同じように、努力が好きなタイプもいれば、自分のように努力が苦手《にがて》で意志が弱いタイプもいるんだ。そういう性格として生まれてきたのだ。だとすれば誘惑に負けるたびに自己嫌悪《けんお》におちいる必要はないではないか。あの努力型の彼にも、きっとこちらの知らないところで弱点、欠点があるにちがいない。お互《たが》い、そういうタチに生まれついているんだろう」

いまにして思えば、なんとも勝手な理屈である。負けおしみでもあり、自己弁護の詭弁《きべん》でもある。しかし、実際のところ、世の中には努力が嫌いでないタイプの人間がいることは事実なのだ。努力をつづけることが少しも苦にならず、むしろ楽々と自然に努力する性格。そのことに満足をおぼえ、よろこびを感ずる気質。そういうふうに生まれついた者がいたとしても、少しも不思議ではない。私は数学が大嫌いなのに、反対に世の中には数学がなによりも楽しく、幼いころからその世界に魅了《みりょう》される人さえいるのである。

数学が嫌いなのは生まれつきの性格ではない、と言う人がいる。英語もそうだ。それは数学や英語が嫌いになるような悪い教育を受けたせいであるというわけだ。「子供のころ本当に良い教師に出会っていたら、万人すべて数学のおもしろさのとりこになっていただろう」というのが彼らの説である。それは一部は当たっているとと私も思う。しかし、本人のタチに関係なく誰にも数学がおもしろいとして、では、本当に良き教師にめぐりあう幸運な生徒がいる一方で、最悪の教師にぶつかる不運な生徒がいることをどう考えるのか。

良き師にめぐりあうということは、本人の意志や努力とはほとんど関係がない。

いまの教育制度のもとでは、なおさらそうだ。だとすれば、そこにもやはり運、不運という、私たちの努力の及ばない何かがうかびあがってくる。

生まれること、その不公平な出発点

逆境のどん底から、自己を信じ、努力をつづけて成功したという人は、私にいわせれば幸運な人である。そもそも「自己を信じる」ということは至難《しなん》のわざだ。自分を信じようと決意したとしても、なかなかそうはいかない。自己嫌悪ならほとんどの人にできる。自己を信じようと決心してそうできた人は、そういう前向きタイプに生まれてきたことを謙虚に感謝すべきだろう。まして努力が<u>でき</u>る性格をあたえられたことは、周りじゅうの人に、「自分だけ恵まれすぎていて申し訳ありません」と謝って歩いていいくらいの幸運ではないか。

努力をした、のではない。努力できたのだ。自分を信じた、のではない。自分が信じられただけなのだ。

麻雀《マージャン》が好きな男は、努力などしなくても二日も三日も徹夜するのである。私も若いころ色川武大《いろかわたけひろ》さんたちと七十二時間デスマッチなどという馬鹿《ばか》なことをやったりもした。しかし、大変だったがじつにおもしろかった。

人は好きなことなら、どんな難行苦行《なんぎょうくぎょう》もいとわない。重い荷物を背負って登山する人がいる。また、ご苦労なことに、酸素ボンベを背負って海底にもぐる人もいる。

人は好きなことをしたいと思う。しかし、人生は思うにまかせぬものである。好きであっても素質がない場合もあり、素質はあっても環境や運に恵まれず、好きではない世界で一生を送らなければならないこともある。そういう例はいくらでもある。

こう考えてくると、ブッダが、〈四苦《しく》＝生《しょう》・老《ろう》・病《びょう》・死《し》〉として思うにまかせぬこと四つの最初に、まず〈生〉をおいたことの重さを、つくづく感じないではいられない。〈生〉には、生まれてくること、そして生きてゆくこと、の二つの面がある。私たちは生まれてくることにおいても、思うとおりにはならない。それはむこう側からあたえられるものだ。私たちの自由意志や、希望や、努力や、誠意などによって変えることのできないものである。そして私たちは生まれることを、自分で拒否することさえできないのである。なんと不自由な、そして不公平な人生の出発点だろう。

それだけではない。生まれた以上、生きてゆかねばならぬ。その人生の途上《とじょう》において、私たちはさまざまな人間関係をもち、体験をする。両親と出会い、兄弟姉妹とともに暮らし、友人、師、そして異性と出会う。そこには計算どおりに進行するものは、ほとんどない。もし生まれる前から赤い糸で結ばれている相手がいるとしたら、それは運命のてのひらにすべてをゆだねるということだ。そこに私たちの自由意志などない。努力も、向上心も不要である。すべては運命の糸にあやつられるままに、人生はすぎてゆくことになる。はたして私たちは、そこまで受け身に徹しきることができるだろうか。私はできない。できないからこそ、こうして「人生の目的」などというわけのわからない問題について考えたりするのである。

人生の目的を考える必要のなかった時代

ふたたび考えてみる。人生にははたして目的はあるのだろうか。私は、ないのではないか、と、前に書いた。つまりそれは、すべての人間に上から押しつけられるような、一定の目的などないということである。

人間はこうあるべきだ、と人が自分で思うのは勝手である。自分自身がその目的を信じて生きればよい。しかし、それを他の人間に押しつけることはできない。義務として強制《きょうせい》することも、まちがっていると思う。私は他人から、これが人生の目的だぞ、それをめざして生きろ、などと言われれば、すぐに反対の方角へ向けて走りだすだろう。

それほどひねくれてはいなくとも、人は人生の目的を既成《きせい》のものとして受け入れることに抵抗をおぼえるものだ。

私が子供のころは、この国は激《はげ》しい戦争の渦《うず》のなかにあった。私たちはすべて国家の一員として扱われ、逆らうことのできない義務を背負っていた。国に忠誠をつくすというのが、国民の義務であり、国家のために働き、必要なときには命を捧《ささ》げることが当然とされていたのである。

そんな時代だったから、なにも人生の目的などということをあらためて考える必要はほとんどなかった。

もちろん大人や青年たちのなかには、真剣に悩んだ人びとも多くいたことだろう。まれにではあるが、軍隊にとられることを命がけで拒否した青年もいたのである。彼らは自分の信念にしたがって徴兵を拒否し、非国民《ひこくみん》として苦しい人生をあゆんだ。なかには精神障害者として扱われた例もあった。

しかし、私のような戦時下の少年は、ごく自然に「お国のため」につくすことを、上から定められた運命のように感じていたのだ。それがいやでも仕方がないような気がしていた。いまふり返ってみると、つくづく奇妙な時代だったんだなあ、と思わないわけにはいかない。

幼いころの私は、大きくなったら軍事探偵か、戦闘機の操縦士《そうじゅうし》になりたいと思っていた。たぶん当時の少年読物の読みすぎだろう。しかし、どちらも実際は命がけの仕事である。スパイとして銃殺される場合もあろうし、敵艦に体当たりしなければならないときもある。そんな場面で、本当に「天皇陛下万歳！」と叫んで死ねるかどうか、あれこれ想像してドキドキしながら真剣に悩んだものだった。特攻隊に選ばれて出撃したとして、アメリカの航空母艦に向かって、はたしてまっすぐに操縦桿《そうじゅうかん》を押せるだろうか。恐ろしくなって途中で思わず逃げたりはしないのだろうか。

死ぬ、ということは、当時の私にとっては、かなり現実味をおびた問題だったのである。

しかし、そこでは「いかに死ぬか」は大問題であったけれども、「何のために死ぬか」ということで悩むことはなかったように思う。答えははじめからあたえられていたからだ。

国民は「お国のために」死ぬものらしい。頭からそう信じて疑うことがなかったのである。ものごころついたときからすでに戦争のなかに暮らした世代としては、仕方のないことだったのかもしれない。

しかし、いまは戦争の時代ではない。何のために生き、何のために死ぬかは、各人の自由である。兵役の義務はなく、義務教育さえも放棄《ほうき》する子供たちがいる。残された国民の大きな義務は納税ぐらいだが、これも税金のがれを生き甲斐《がい》にしているような人たちもいる。つまり、私たちは自由なのだ。しかし、自由でありながら、現実には自由ではない。そこが最大の問題なのではあるまいか。

希望や努力で克服できない「宿命」をどうするか

「人生は苦である」というブッダ的なものの考えかたは、すなわち「人は思うとおりには生きられない」という現実を示している。思うままにならないのが人生なのだ。自由であるといわれても、実際にはこの世に生まれてくる条件からして不自由、かつ不公平なのである。「こんなふうに生まれたかった」と一度でも思わなかった者が、世の中にはたしているだろうか。

くり返して言うが、「勇気」や「努力」、また「意志」や「忍耐力」なども、その気になって真剣に鍛《きた》えさえすれば、必ずしも身につくというわけではない。たゆまぬ努力をして鍛える、ということそれ自体が、つよい意志力と苦しい忍耐を必要とするものなのだ。体を鍛える、ということもそうである。たゆまずトレーニングをくり返し、鍛えることで体力は驚くほど向上する。熱心にボディビルをつづければ、体力だけでなく体型すら劇的に変わるのだ。それはたしかなことだろう。もしも休まずに精進《しょうじん》する努力が、つづきさえすれば。

しかし、トレーニングや練習が楽しくてたまらないタイプの人たちも、世の中には少なからずいる。幸せなことに彼らにとって鍛えることは、自然なよろこびなのである。そしてまた反対に、そんな努力が大嫌いな性格に生まれついた者がいる。私など典型的なそのタイプだ。これをやろう、あれをやりたい、と意気ごんではじめるものの、すぐに面倒くさくなって放《ほう》りだしてしまう。

ジムに通《かよ》ってがんばってトレーニングしたところで、身長まで飛躍的にのびるわけじゃないじゃないか、などと、つい考えてしまうのだ。熱心なボディビルで、彫刻のような見事な筋肉をつくりあげた人が、横幅だけはあるのに、意外に身長が低かったりするのを見ると、「人間というのは、いくらがんばっても、すべて思いどおりにはいかないものなんだなあ」としみじみ考えてしまうのだから困ったものである。

人間には無限の可能性がある、というような言いかたには、どこか嘘《うそ》があると思う。人間にはできることと、そして、できないことがある。気持ちのもちかたひとつで、年をとっても若々しく見られることは、もちろんできるだろう。しかし、そういう人に限って、努力がもちこたえられなくなった時点で、ガクッと老けこみやすいものだ。老いや死を先へのばすことはできても、この世に不老不死はない。それが真実だ。

人には生まれつき背負ってきたものがある。それは変えることができない。こんな人を親にもちたくなかったと思っても、どうしようもないのである。努力や、向上心や、忍耐や、希望などによって、それを克服することは絶対に不可能だ。親子のあいだの関係を望ましいものに改善することはできても、その関係を消し去ってしまうことはできない。良くも悪くも親子は親子なのだ。世間ではそういうものを、宿命、と呼んだりする。そこには運命という言葉とはどこかちがった、どうしようもない重い気配《けはい》があるようだ。

昔は星まわりの良し悪《あ》しを言う人が、ずいぶん多かった。いまでも少なからずいるらしい。若い人たちのあいだでも、星占いや、血液型による判断などに惹《ひ》かれる流行があるようだが、ひょっとすると遊びでおもしろがっているだけかもしれない。しかし、興味本位のお遊びではあっても、その心理のどこかに、星まわり、すなわち宿命というものへの隠された意識がひそんでいることは否定できないのではないか。

そういえば高見順《たかみじゅん》という作家に『如何《いか》なる星の下《もと》に』という題の作品があった。この小説にも宿命という、どうにもならない人間が背負った重いものへの、やりきれないため息が流れているように思う。

はっきりした人生の目的をもつ人

こう考えてくると、運命を変えることは人間にできないことの最大のもののように思われてくる。しかし、これを変えることができる、と古代インドの人たちは考えた。いまもそう信じている人びとが少なくないらしい。それは生きているあいだに善《よ》い行いを多くしさえすれば、つぎに生まれ変わるときにはいまより良く生まれ、逆に悪行《あくぎょう》を重ねる者は来世《らいせ》で悲惨な目にあう、という考えかただ。これを「善因恵果《ぜんいんえか》　悪因悪果《あくいんあっか》」などという。

この考えかただと、いま現在、苦しい生きかたをしている人間は、前の世の悪い行いの結果であるから、当然の報《むく》いだということになってしまう。もともとは人に善行《ぜんこう》をすすめるための発想だろうが、私はそういう考えかたにはどうしてもなじめない。いま苦しんで生き悩んでいる人たちを、あいつらは前の世でよほど悪いやつだったのだ、だからいまはこんな目にあっているのだ、という目で見ることは、苦しむ人への二重の侮辱《ぶじょく》ではないのか。

このような考えかたに立つ限り、インド的な人生の目的は、はっきりしている。人がなすべきことは来世により良く生まれること、あるいは輪廻《りんね》の鎖《くさり》から永遠に解き放たれて自由になること、である。そのために信仰を深め、善行をつむ。ガンジス河で沐浴《もくよく》をし、行者《ぎょうじゃ》に布施《ふせ》をする。現在もそれを信じて疑わずに生きている人たちを、私たちはどう見るか。あこがれの目で見る者もいるだろう。そして、うらやましい、と思うときもあるだろう。また逆に、無知だと思ったり、抵抗感をおぼえる場合もあるだろう。それは人によってさまざまである。しかし、そのように人生の目的をはっきりと定めて疑わない多くの民衆の目に宿《やど》る、なにか説明のできないつよい光に、ふと心が揺れる瞬間があることもたしかである。

人間としての共通の運命

では人は運命にすべて支配され、その星の下《もと》でただ川に浮かぶちりのように流されてゆくだけなのか。私はそうは思わない。いや、思いたくないと言ったほうが正直だろう。

ここでもう一度、中村元さんの『自己の探究』の中の言葉にもどってみる。中村さんは《運命と宿命》という章のなかで、運命という言葉をとりあげてこう語られていた。

すなわち、運命とは避けることのできないものである。西洋では神が人びとの運命を支配すると考えていたらしい。中国には〈天命《てんめい》〉という考えかたがあった。人の意志や個人の希望に関係なく、見えない大きな力が人間にはたらいているとするのである。

しかし近代の文明は、その出発点において明るい未来を予想したので、近代人はひとつの不遜《ふそん》な思いあがりを心に抱くようになった。すなわち「意志の自由」によって、私たちは人生を自由に切りひらき、大胆に変えることができると考えたのである。すなわちつよい意志と、たゆまぬ努力をつづけさえすれば、人は必ず自分の人生を望む方向へ築きあげることができる、と信じたのだ。信じて最後までたたかう、そのことによって運命の重荷は、はねのけることができると考えたのだった。

だが、人間は決して無制限に「自由」ではない。社会制度が近代化され、改革されても、人間にはどうにもならない運命がある、と中村さんはいう。私たちが人間として生まれ、この地球上に「生きている」こと、それ自体が、ひとつの逆らえない私たちの運命ではないのか、と。

私たちはその点で、すべて共通の運命を背負っている。もし核兵器が思わぬ暴《ぼう》発《はつ》をひきおこせば、地球上の人類全員の生命が危険にさらされるだろう。世界の気温が何度か上昇《じょうしょう》して、極地の氷床《ひょうしょう》や高山の氷河がすべて溶ければ、地上の多くの国や都市のなかには水没してしまうところもあるだろう。その意味では、私たちはばらばらの他人であってもひとつの〈運命の共同体〉の仲間である。つまり同じ運命によって結ばれた家族の一員であるといってもよい。

しかし、その一方で、個人はあくまで個人として生まれ、生きる。そこでは地上の誰ともちがう、ただひとりの自己として存在しているのだ。それゆえにその個人もまた、それぞれに異《こと》なった運命の道をあゆまざるをえない。

たしかにそう考えてみれば、そのとおりだ。この私は人類の一員でもあり、また同時に、世の中の誰ともちがう個人なのである。その意味で私たちは二重の運命を背負っているといえるだろう。

では、そのような〈運命〉は、私たちをしばりつけ、支配するだけの鉛《なまり》のような重圧にすぎないのだろうか。私たちにとって運命は呪《のろ》うべきものであって、不幸のもとといえるような悪《あ》しき存在なのか。

同じ運命を背負った者の自然な感情

ここで、最初の痛ましい事件のことをふり返ってみよう。あの新聞記事を目にして、誰もが心がきしむのを感じ、思わずため息をついたはずである。とてもジョークや軽い洒落《しやれ》の対象になるような話ではない。中村さんご自身も、胸をしめつけられた、と書いておられた。私もまた言うべき言葉を失う思いがした。しかし、それは自分の身に起こった事件ではない。他人の問題である。それにもかかわらず、私たちはなぜそこで胸をしめつけられるのか。

それは人としての大きな運命を共にする者の、ごく自然な感情がそこに呼びさまされるからではないだろうか。運命の共同体に生きることとは、大きな家族の一員のように自分を感じ、また他のすべての人間を仲間と感ずることである。それは逆らえない大きな運命の船に乗りあわせた者同士のおのずと生じる意識であり、連帯感である。この自然な感情は、人間はかくあらねばならぬという、倫理《りんり》や思想よりもはるかに深くつよい。おのずとわいてくる思いだからである。その共感共苦の感情を、もし大きな意味での愛と言いかえれば、私たちは共通の運命の重さによってこそ、はじめて〈愛〉を自分の内《うち》に感ずることができるともいえるのである。

なぜ人を殺してはいけないのか。それは私たちが運命の家族の一人だからだ。そう感じれば、「いけない」のではなく、「いやだ」という気持ちがおのずと生じてくるだろう。私たちは家族や、兄弟姉妹を殺すことがいやだ。それは倫理に先だつ、深い肉親の絆《きずな》を感じるからである。だから戦争に反対する人が兵士として敵を殺す立場に立たされたときに、おれは愛する家族のために銃をとって戦うのだ、と自分につよく言いきかせることで、ようやく引き金を引けるのである。いうなれば家族は自分の一部なのだ。自分を傷つけ、自分を殺すことは、誰しも自然に避けようとするものである。

しかし、最近、子が親を殺す事件がしばしば起こるようになった。さらに親が子を虐待《ぎやくたい》したり、まれには殺す事件も出てきた。さらに自殺者の激増ぶりは、平成十年で前年比三十四・七パーセント増と、信じられない数字を示している。

つまり家族を殺すこととともに、自己を殺すことが最近ではめずらしくなくなってきたのだ。なにか一つの止め金がはずれたようにさえ見える。

私がくり返し、しつこいほど運命の重さをいいつづけるのは、そのことが頭を離れないからである。

私たちは運命を共有する家族の一人として自分をつよく意識することで、失われかけている他人との一体感をとりもどすことができはしないか。そしてまた個々の人間が背負わされたもうひとつの運命を思うことで、自分自身への共感と友情を回復できないものだろうか。

私たちのひとりひとりが、それぞれどうにもならない運命を背負って生まれてきた。そして、それにもかかわらず、私たちはいま「生きて」いる。こんな理不《りふ》尽《じん》な人生なんてもうやめた、とも言わずに、なんとか生きつづけている。なんと健気《けなげ》な自分だろうか、と思っていい。

私たちの自由意志や、努力や、希望など、何ほどのこともないのだ。人は思うままにならぬ世の中に生まれ、「思うままにならない」人生を黙って耐えて生きるのである。

この「生きる」「生きつづけている」というところに、私は人間の最大の意味を感じるのだ。「われ思うゆえにわれあり」というあまりに有名な言葉よりも、むしろ「われ生きてありゆえにわれ思う」という立場に共感をおぼえるのも、そのためである。

人はなぜ人を殺すのか

中村さんは、〈宿命〉とちがって、〈運命〉には偶然性が働く余地がある、といった意味のことを書かれている。私はそのあたりはまだよくわからない。〈宿命〉と〈運命〉のちがいも、はっきりとはつかめていない。

あるとき、こう考えてみたことがある。〈運命〉はすべてのものが背負う共通の大きなものだ。人間として生まれたという運命。この地球に生まれ、現代に生きているという運命。モンゴロイド系の東洋人として黄色い肌と黒い髪をあたえられているという運命。

地球自身も、太陽も、銀河系も生まれ、おとろえ、消滅する。宇宙もその運命を背負っている。天体の〈運行〉などという言葉があるのも、天地も一つの運命にしたがって動いていると読めなくもない。人類の運命とか、一国の運命とか、とにもかくにも私たち個人の枠を超《こ》えた共通の大きな流れ、それを運命とみるのはどうだろうか。

反対に〈宿命〉とは、個人のものである。全宇宙にただひとりの自分、「唯我《ゆいが》独尊《どくそん》」の「唯我」にかかわってくるのが〈宿命〉と考えれば、〈運命〉と〈宿命〉のちがいが、かなりはっきり見えてくるだろう。

『歎異抄《たんにしょう》』のなかに親鸞《しんらん》の言葉として、〈業縁《ごうえん》〉という表現が出てくる。私はこの言葉が、なぜか重苦しい感じがして嫌だった。私流に考えてみると、この〈業縁〉という言葉は、〈宿業《しゅくごう》〉の〈業《ごう》〉と、〈因縁《いんねん》〉の〈縁《えん》〉との組み合わせのように思われる。〈宿業〉も、〈因縁〉も、私の苦手《にがて》な言葉である。見ると本能的に何か暗いものを感じてしまうのだ。

しかしいまでは、この親鸞の〈業縁《ごうえん》〉という表現は、じつに深い意味をもったすばらしい言葉だと思うようになってきた。そして自分勝手に、これを〈業《ごう》と縁《えん》〉と読み、〈宿命と運命〉と読みかえて理解している。

余計なことかもしれないが、ここで『歎異抄《たんにしょう》』のなかで親鸞がこのことについて語っていることを自由に脚色してわかりやすく描写してみよう。

あるとき彼は弟子の唯円《ゆいえん》に言う。

「唯円、そなた、私を信じているかね」

「はい、絶対に信じております」

「ほう、絶対に、とは困ったものだ。じゃあ聞くが、そなた、信心を深めて浄土《じょうど》で仏になりたいと思っているかな」

「もちろんです。そのためにこうして念仏《ねんぶつ》に生きておるのですから」

「ふむ、そうか。では、そなたが絶対に信じているというこの私が、こう言ったとしたならどうする。いいか、よく聞くんだぞ。そなたの師である私が言う。そなたが成仏《じょうぶつ》するためには、人を千人殺す必要がある。だから、いまから町へ出ていって、通りがかりの者でも、地下鉄の乗客でも誰でもよい。手あたりしだいに千人殺してきなさい。わかったな、千人だぞ」

「えっ、なんとおっしゃいました？」

「いまから人を千人殺してくるようにと言ったのだよ。そうすれば必ず浄土に往生《おうじょう》できるとな。この親鸞がそう言うておる。まさか私の言葉を疑ったりしてはいないだろうな。なにしろ、たったいま、絶対に信じておりますと、そなた断言したばかりだからね」

「それは、そのとおりでございますが、しかし、人を千人殺せとは——あまりにも、その、なんと申しますか、想像もつかないことで」

「では、私を信じていないのか」

「いいえ、信じております！　しかし、親鸞さま、私にはとても人を千人殺すことなどできはしません。浄土へ往生するため、と言われても、千人どころか、ただの一人を殺すことすら私には無理《むり》でございます。私は生まれつき気のよわいタチでございまして、虫一匹さえ殺せないのです。ああ、いったいどうすれば

――」

「ほら、みなさい。そなたはこの親鸞を絶対に信じていると言った。そして、どんなことでも決して背《そむ》きはせぬ、と自信たっぷりに申した。それは嘘《うそ》ではなかろう。しかし、実際に私に人を殺してこい、そうすれば極楽浄土へ往生まちがいないから、と言われたとたんにハイと飛びだしてゆくことすらできずに、うろたえ困惑しきっておる。信じる私の言葉どおりに人を千人殺そうと思っても、いまのそなたにはどうしてもそれができないのだ。したいと思ってもできない。それはなぜか。そなたに人を千人殺す〈業縁《ごうえん》〉というものがそなわっていないためなのだよ。そなたが人を殺せぬのは決してそなたが善人で心優しい人間だからではない。いいかね、自分でこうしようと決意しても、人間は決して思うがままに行動することなどできないのだ。それはたまたまそなたに人を殺さねばならない〈業《ごう》縁《えん》〉というものがないから殺せないだけなのだ。もしそなたにその〈業縁〉が宿《やど》っておれば、自分は一生、人を殺すまい、人を殺すくらいなら自分が死んだほうがましだ、と日ごろから思っていたとしても、突然、百人、千人の人を殺すことになるかもしれぬ。人の心の善《よ》し悪《あ》しとは関係なく、人には〈業縁〉というものがあるのだ。だから良い人、悪い人、などと人を区別して考えたりしてはいけないのだよ。人は思いがけない善いこともする。また、自分の意志に反して恐ろしいこともする。そういうものだ。いつもそのことを忘れてはならない。自分に安心しきっていてはいけない。いつ、何をしでかすかわからない危《あや》うく頼りない自分、そのことを常にしっかり心にとどめておくことが大事なのだよ」

やたらと長ったらしく冗漫《じょうまん》になってしまったが、できるだけわかりやすく話を進めたいと思って勝手に場面をつくってみた。『歎異抄』そのものは、このくだりをじつに簡潔に、しかも奥行きのある鮮やかな文章で描いている。

しかし、前にも述べたように、私ははじめてこの〈業縁《ごうえん》〉という表現に接したとき、なんとも言えない嫌な感じを受けた。無気味《ぶきみ》で、暗い印象があったのである。そもそも世間でよく耳にする、「業の深いお人や」などという言葉にしても、愉快ではなかった。むかしは苦しんでいる人を遠くから眺《なが》めて、「あれは業の深い人」といった見かたをすることが多かったからである。

私が子供のころの話だが、体じゅうの吹き出物が膿《う》み崩れ、杖《つえ》にすがってようやく歩くような人が、貧しい身なりの子供に手を引かれて物乞《ものご》いに玄関口にやってきたことがあった。その親子が去ったあと、隣家の主婦がそれを見送りながら、

「あれはよほど業の深いかたたちなんでしょうね」

と、つぶやいたことをいまもはっきりとおぼえている。

この『歎異抄』に出てくる親鸞の言葉は、あらためて読み返してみると、じつに危《あや》うい真剣の刃渡りのようなきわどさがある。一歩読みちがえれば、とんでも

ない深淵《しんえん》にまっ逆さまに墜落しかねない危険をはらんでいるような気がするのだ。

ここで言われる〈業縁《ごうえん》〉のはたらきの大きさは、読みようによっては悪の責任は個人にはない、というようにも受けとられかねない。

「そうか。人を殺すのも、物を盗むのも、嘘をつくのも、みんな〈業縁《ごうえん》〉のせいか。だったら、おれが悪事をはたらくのも、必ずしも自分が悪い人間だからではないわけだ。何をやっても〈業縁〉のせいだと割り切って、堂々とやりたいことをやればいいのか。ああ、すっきりした」

と、そんなふうに考えてしまうかもしれないのだ。実際に、そのように受けとって、それを親鸞の教えとして実践するグループもいたのである。たしかに言葉の筋道を論理的に分析していけば、そうなるかもしれない。私はこれまで、このエピソードの〈業縁《ごうえん》〉のくだりを納得《なっとく》できるようにやさしく説いてくれた文章に出会ったことがない。

ふと考えるのは、この『歎異抄』の言葉は、親鸞みずからが文章としてのこしたものではないということである。「悪人正機《あくにんしょうき》」の教えも、法然《ほうねん》は文章ではなく、肉声で弟子親鸞に伝えた。親鸞はそれをまた言葉で、口伝《くでん》として弟子唯円に語った。向かいあって語られるのは、生きた言葉である。表情もある。声色《こわいろ》もある。身ぶりや強弱もある。皮肉っぽく唇をゆがめて言うときもあれば、涙を浮かべ手を握って情熱的に語ることもあるだろう。気迫を感じ、悲しみの感情を受けとり、人はそのとき相手の思想を体から発するものとして全身できくのである。〈面《めん》授《じゅ》〉とはこういうことをいうのだろうと思う。

その〈面授〉の思想を、文字と文章という制約のあるかたちにして再現したのが唯円の『歎異抄』だった。彼はたぐいまれな文章家だと思う。しかも師親鸞へのひたむきな思慕《しぼ》の情と、異端弾劾《いたんだんがい》の使命感にもえていた。彼のあらわした『歎異抄』が、宗派《しゅうは》を超えて人の心を打つのは当然といってよい。

しかし、この文章は、あくまで親鸞の言葉の忠実な記録であって、その肉声そのものではない。

かつて法然が口伝《くでん》として「悪人正機」の教えを親鸞に伝えたのは、命ある肉声として対面して伝えたほうがよいと考えたからであろう。そして、文章にしたほうが多くの人により正しく伝えられると考えた部分は、文章として作成した。

親鸞もまた、そうではなかったのか。対面して全身でそれを表現する場合、その大切な核心は、ズバリと相手にまっすぐに伝わる。頭で理解するのではなく、体で感じるのだ。たとえその言いかたが極端であっても、表現が終始一貫《しゅうしいっかん》していなくても、また、強調しすぎる部分があったとしても、言いたい心がまっすぐ伝わるのである。

親鸞がここで唯円に言おうとしたのは、何もかもが〈業縁《ごうえん》〉のせいで、自己の責任などこれっぽっちもない、人は勝手気ままに生きればよいのだ、などということでは決してなかった。

ここで重要なのは〈業縁〉の強調ではない。犯罪者や悲惨《ひさん》な立場にある者たちを自分ら常人とは別な世界の住人としてつい見てしまう、私たち大多数の世間人の感覚、その思いあがった安易な自分へのよりかかりを、親鸞は徹底的に激しく批判しているのだと思う。

あれは業の深い極悪人、自分たちはそんな連中とはちがう、と、つい私たちは考えがちだ。アウシュヴィッツをはじめとする強制収容所で、何百万人ものユダヤ人家族たちを日常の作業として殺戮《さつりく》し、処理していった人びとがいる。死者の脂《あぶら》で石けんをつくり、生体実験もやり、人の皮膚《ひふ》をはいで電気スタンドの笠《かさ》に張ったりさえした。私たちはそういった者たちをうとましく思い、戦争犯罪者として追及する映画に拍手することもある。少し知的な人びとは、その加害者たちを誤ったナチズムの思想に毒された愚《おろ》かな人間とみたりもするだろう。そのような人間、つまり極悪人たちと自分たち常人とのあいだに、はっきり一線を引き、区別して安心している者が世間では大部分をしめる。殺人事件が増え、犯罪や自殺が激増しても、それは世間の一部の者であり、大部分の人間たちは岸のこちら側にいると思って私たちは安心している。岸のむこう側にいるのは特殊な悪人たちなのだと。

この場面で、親鸞が辛辣《しんらつ》な口調で徹底的に批判しているのは、そのような善人と悪人を対立させて区別する人間観なのだ。

人間というのは、本当は何をしでかすかわからないじつに不安定な存在なんだぞ、と彼は言っているのだ。良い人、悪い人、などという区別は無意味なことだ。どんな人間でも、いつ、なんどき恐ろしい極悪人になるかもしれない。虫けら一匹さえ殺さずにきた者が、突然、殺人者に変わることだってあるのだ。悪心を抱《いだ》きながら、なぜか人を助けてばかりいて、世間からりっぱな人だと感心されたりもする。

人間は思うにまかせぬ不安定な存在なのだ。良く生きようと切に願いつつも、犯罪者として刑務所の塀のなかで一生の大部分をすごすような人生もある。そのやさしさのゆえに、他人から利用され、泣きながら暮らさなければならない人もいる。どれほど愛しても、どれほど尽くしても、相手に心のとどかぬこともある。親を殺し、子を殺し、みずからをも殺す者もいる。

そのような者たちを、他人《ひと》ごとのように扱ってはいけない。指さして嘲《あざけ》り、なんと業の深い連中だと目をそむけたりしてはいけない。必ずしも努力しなかった者だけが世の中からはみだし、沈んでゆくのではない。〈運命〉と〈宿命〉の交《こう》錯《さく》するなかで、人間は浮きつ沈みつ流れてゆくのだ。

自己を信じて努力する者が成功する、反対に努力しなかった者が失敗する、それは世間の考えかただ。信仰というのはそうではない。善をなさんとして悪をなし、悪をなさんとして善をなすことも、人間にはある。私たちはすべてそのように、思うにまかせぬ〈業縁《ごうえん》〉とともに生きる。それゆえにこそ、と親鸞は唯円の目を見つめて言うのだ。

「善悪のふたつ、総じてもって存知《ぞんち》せざるなり」

生きること、生きつづけることこそが

私はこれまでに何度となく、木の箱に植えられた一本のライ麦のことについて書いてきた。〈運命〉を考えるとき、私はふたたびそのエピソードを思い出さずにはいられない。

それはアイオワ州立大学の、ディットマーという生物学者の実験の話である（『ヒマワリはなぜ東を向くか』中公新書・一九八六年刊）。広さが三十センチ四

方、深さが五十六センチの砂のはいった木の箱に、一本のライ麦の苗《なえ》を植える。そして四カ月あまり水をやって育てる。するとライ麦は貧弱な姿ではあるが、ともかくその木の箱の上に育つのである。次は木の箱をこわして、砂の中にどれほどの麦の根が伸び広がっているかを計測する。砂をふるい落とし、根とその先についている目に見えないような根毛《こんもう》までも、くわしく長さを計るのだ。その結果、そのライ麦が砂の中にびっしり張りめぐらして、水分やカリ分や窒素《ちっそ》などを必死で吸いあげて麦の命を支えてきた土中の根の総延長数が、なんと一万一千二百キロメートルに達していたことが判明したというのである。

たぶんそれは色艶《いろつや》も悪く、背丈《せたけ》も貧弱なライ麦だろう。はたしてまともな実がついていたかどうかはわからない。しかし、その麦に向かって、

「おまえ、なんだか貧弱な恰好《かっこう》じゃないか」

とか、

「ろくに実もついていないのは情けないじゃないか」

とか、ばかにするような言葉は決して吐けないだろうと思う。それよりも、よくもあんな狭い箱のなかで、ろくな養分もとれないのに生きつづけたもんだな、と、感嘆するしかない。なんと健気《けなげ》な生きかただろう、とその麦の必死のいとなみにため息をつかずにいられるだろうか。

ここで三十センチ四方、深さ五十六センチの木の箱とは、そのライ麦が背負った宿命にほかならない。そして実験室に植物として発芽したことは、その麦にあたえられた運命である。その苛《か》酷《こく》な運命と宿命の交錯《こうさく》する場所で、一本のライ麦は命を枯らさずに生きた。一万一千二百キロメートルに達する根を、見えない砂の中にびっしりと張りめぐらせて生きつづけたのだ。

私は人生というものも、それと同じようなものだと思わずにはいられない。私たちは人間として地上に生まれたという大きな運命を受けている。そして、どんなにながくとも百年前後でこの世界から退場するという運命をあたえられて生まれた。アジア人としての肌の色と体質をあたえられ、二十世紀から二十一世紀時代に生きている。それは私たちの運命である。逆らうことはできても、変えることはできない。髪を金色に染め、外国語をネイティブ同様にしゃべれたとしても、人種として変われるわけではない。そのことを自分で認めたくなくても、他から見れば同じことだ。どんなに夢みても平安時代の大宮人《おおみやびと》にはもどれないし、二十五世紀を見ることはできない。それが私たちの運命なのである。

そしてまた私たちは、ある親や家族のもとに、特定の血液型因子《いんし》と個性をあたえられて生まれた。それは宿命である。私たちはそれを否定することができない。しかし近代という時代は、常にその宿命に挑戦しつづけてきた。人間に不可能はない、と確信したいからだろう。老いや容貌《ようぼう》を整形医学によって変え、遺伝子組み換えによって個人の肉体の記憶も変えようとする。しかし、それで宿命をのりこえることが、はたして可能だろうか。それをこえることは、〈唯我独尊《ゆいがどくそん》〉の唯我の尊厳《そんげん》を放棄《ほうき》することではないのか。宿命を平等化することは、個の命の重さを失わせることでしかないのではないか。

こうして私たちが選ぶもっとも自然な道は、あたえられた運命と宿命を、人生の出発点として素直に受け入れることだろう。〈受容《じゅよう》する〉と表現してもよい。受容することは、敗れることではない。絶望することでも、押しつけられることでもない。運命を大きな河の流れ、そして宿命をその流れに浮かぶ自分の船として、みずから認めることである。そこから出発するしかないのだ。

呪《のろ》うしかない宿命というのも、たしかにある。しかし、ライ麦がバラの木でないことを口惜しがったとしても、どうなるというのか。縞馬《しまうま》は縞馬、蛙《かえる》は蛙として生きるしかないのだ。

自己の運命と宿命を受け入れた上で、さて、それからどうするのか。答えは一つしかない。それは〈生きる〉ことである。生きて、この世界に存在することである。見えない砂の中に一万一千二百キロメートルの根を張って生きた一本のライ麦にならって、なんとか生きる。生きつづける。自分で命を投げだして、枯れたりせずに生きる。みっともなくても生きる。苦しくとも生きる。

生きていればどうなるというのか。何かが起こる可能性があるというのか。

私はあると思う。宇宙に絶対の必然などというものはない。偶然なき存在もない。宇宙万物を支配する見えざる力があるとすれば、そこには必ず偶然がまぎれこむ余地がある。創造主も、神も、天のエネルギーも、遺伝子も、すべてミスをおかすし、思いがけない事故も発生するのだ。そして、それこそが創造の隠された鍵《かぎ》であり、生命の変化のきっかけだと私たちは知っている。

〈運命〉と〈宿命〉の交錯する流れは、おのずと複雑で常に変化してやむことがない。その〈業縁《ごうえん》〉の揺れ動くはたらきのなかで、一瞬の偶然や、変異《へんい》や、事故が起こる可能性がある。そのとき何かが起こると私は信じたい。生きつづけていれば、その瞬間にも出会うことができるかもしれないではないか。また、できないかもしれない。しかし、生きることを放棄したのでは、その万に一つの機会さえ失うことになる。

運命によって海中の魚とされた生物が、陸上にあがったのは、いったいどういうきっかけだったのだろう。私はそれを偶然の事故のもたらしたドラマチックな進化のシーンだと思う。

私たちもまた水中の魚かもしれない。魚として生きつづければ、ひょっとして津波か何かで陸上に打ちあげられることがあるかもしれない。

運命は大きな河の流れのように海へ向かう。それは変えられないが、大河もしばしば氾濫《はんらん》し、逆流し、ちがう水路をつくることがある。運命という河の流れを、宿命という名の船に身をまかせて、私たちは海へ向かう。海は死と、そして再生《さいせい》の世界である。その海への流れを小舟とともにくだってゆけば、ときに穏やかな淵《ふち》もあり、岩にくだける急流にも出会うだろう。大きな魚の背に跳ねとばされることもあるかもしれない。子供の手に拾われて自転車で運ばれることもあるだろう。いずれにせよ、船を捨てて投げださないことだ。

生きるとは、〈運命〉と〈宿命〉の狭間《はざま》に身をおきつつ、それを素直な気持ちで受容することである。耐えて、投げださずに、生きつづける。それしかない。そうすれば運命と宿命の結び目が、ひょっとして思わぬもつれかたや、ほどけかたをする場面に、出会うかもしれないと私は思う。

こうして考えてみると、最初の章で紹介した親子の事件は、また少しちがった角度から見えてくるものがある。ただ悲惨というだけではない何かが感じられるのだ。

絶望した父親から、「一緒に死のうか」と言われたとき、子供たちの心を一瞬よぎった思いは、どのようなものであっただろうか。

「うん、でも、ぼくは大きくなって、こんなこともしたいしなあ」

と、内心、躊躇《ちゅうちょ》する気持ちもあったかもしれない。

「死ぬのはこわいから、いやだ」

と、正直に言うこともできただろう。しかし、彼らは父親に寄りそうようにして飛びおりて死んだ。子供たちは孤独な父親を、心から哀れと思い、ひとりで死なせるにしのびなかったのだろうと思う。それは彼らの父親に対するやさしさである。無意識のうちに、運命を共有する者同士のいたわりの感情が、そこにはたらいていたのではあるまいか。子供たちは運命を共有する父親を決して見捨てることができなかったのだ。

そのことに深く心を動かされながらも、私は彼らになんとか生きることを選んでほしかったと思わないわけにはいかない。父親にしてもそうだ。恥《はじ》も外聞もない。たとえば区役所の前で、親子で行き倒れてでも生きることに執着《しゅうじゃく》してみる道はなかったのだろうか。

いや、それよりももっといいのは、どこか近くの寺か教会の入口に、三人で横になって倒れることである。

親子を発見して、寺なり教会なりはどうするだろうか。そんなことはあるまいが、ことによると迷惑《めいわく》顔で、私有地内に入らないでください、と言うかもしれない。そのときは警察を呼んでもらい、住居侵入罪なり、公務執行妨害で警察署へ連行してもらえばいい。警官も人の子だ。親子三人、母に捨てられて階上から身を投げようとまで思いつめた人間に、あんパンと牛乳ぐらいはポケットマネーで出してくれるのではあるまいか。また、その後の身のふりかたについて、他の行政機関に相談してくれる可能性も皆無《かいむ》ではなかろう。

大きな一流新聞社や、テレビ局の正面というのはどうだろうか。人情がらみのゴシップを材料に営業をし、社会の歪《ひず》みを声高《こわだか》に叫ぶことで成り立つのがマスコミの一面だから、まさかガードマンを使って叩《たた》きだしたりもしないだろう。

とにもかくにも、一夜の宿と、一個の握り飯があれば、なんとか明日までは生きのびられるのだ。それもだめなら、「ナムアミダブツ」と親子で念じて、あとはその身の〈業縁〉にまかせるしかない。

こういう短気な意見を、大人げないと思う人もいるだろう。ある宗教家は、宗教はあの世の幸せを約束するのが本質なのだと言った。この世の苦しみはむしろ信仰への広き門であろう、というのである。

そういう考えかたもあるだろう。それはそれでいい。しかし、個人の信仰、われ一人の信仰はそれでよいが、宗教は人間の共同体の家庭であり、故郷なのである。あの世のことと同時に、この世のことも考えるのが自然というものだ。

そんな勝手なことを言うのは、生きている者の傲慢《ごうまん》だと、わかってはいる。私のような自分勝手な生きかたを通してきた粗雑《そざつ》な人間だから言えることだろう。それでもなお何か言わずにはいられない気持ちが私にはあるのだ。

人生に目的はない、と、私は書いた。正直にいえば、「人生の目的」がわからない、ということだったのかもしれない。しかし、このことだけはわかっている。人生の目的の第一歩は、生きること、である。何のために、という答えは、あとからついてくるだろう。運命と宿命を知り、それを受容して、なお生きること。それこそが「人生の目的」ではないか、と、いま私は少しずつ思いはじめているのである。

肉親について

絆《きずな》は人間にとって厄介《やっかい》なものか

最近《さいきん》、肉親の絆《きずな》ということについて、しばしば考えるようになった。私自身は、家族のほとんどが早く逝《い》っている。そのせいでいまは肉親の問題でそれほど思い悩むことが多いわけではない。

とはいうものの、ときには昔のことを思い出して眠れなくなったりすることもある。わずかに残された身内のことを、あれこれ考えたりもする。しかし、それはまだいいほうではあるまいか。私の周りには、肉親、家族の絆にがんじがらめになって苦しい毎日を送っている友人や知人などが、驚くほど多いのだ。いや、ほとんどの世間の人びとが、その問題を背負って苦しみながら生きているようにさえみえる。

ふつう、家族、肉親の数が多いということは、心強い気がするものである。兄弟姉妹《きょうだいしまい》に恵まれていることもまた人生の幸せのひとつではあるだろう。しかし、その明るい側面だけを強調するのでは、現実的ではない。すべて、物事《ものごと》には、よろこばしい面と、なんとも言いようのない重い、苦しい面とが背中あわせに存在するものだ。

家族がいてよかった、と、心から思うこともあるだろう。肉親だけが世の中の最後のよりどころなんだな、としみじみ感じることもあるだろう。しかし、残念なことには、それだけではすまない。その反対の思いに体をふるわせ、心をかきむしられる場合も少なくはないのではないか。

〈絆《きずな》〉という言葉を辞書で引いてみる。『広辞苑《こうじえん》』にはこう出ている。

〈①馬・犬・鷹《たか》など、動物をつなぎとめる綱《つな》。②断《た》つにしのびない恩愛。離れがたい情実。ほだし。係累《けいるい》。繋縛《けいばく》〉

このなかに出てくる〈ほだし〉とはどういうことだろう。ふつう一般には「情《じょう》にほだされて」などと使う。もう一度、辞書を引くと、

〈ほだし【絆し】①馬の脚などをつなぐなわ。②足かせや手かせ。③自由を束縛するもの〉

などと説明してある。動物をつなぐ綱、にしても、足かせ、手かせ、にしても、どうも〈絆〉というのは人間にとって厄介《やっかい》なものらしい。〈自由を束縛するもの〉という言いかたになると、もうはっきり否定のイメージのほうがつよい。〈断つにしのびない恩愛〉という表現には、〈断てるものなら断ちたいのだが、しかし〉といった響《ひび》きがある。肉親の絆、家族の絆など、いかにも美しいもののように用いられている言葉の背後に、なんともいえない重苦しい影を感じさせられてしまうのは私だけだろうか。

あまりなじみのない言葉だが、辞書の〈絆《きずな》〉の項には、

〈繋縛《けいばく》〉という表現もみられる。ケイバクとは、〈つなぎ、しばること〉なのだそうだ。要するにしばりつけるもの、つなぎとめて離れないようにすること、それを〈繋縛〉というらしい。そうなると、これもあまりうれしい言葉ではない。〈絆〉とは、私たちにとって、大事なものであることはたしかだが、どうもあまりありがたいものではなさそうだ。

周囲を見まわして、肉親の絆の重さに、なんとも言えない苦渋《くじゅう》の表情を隠せない人たちの存在に気づく。このことさえなければなあ、と、ひとりでため息をつく人も少なくないことだろう。

これからは手に職をつけるのがいちばんだ

かつて若いころの私もそうだった。早く母親が死んだので、血のつながった肉親は、父と、弟と、妹の三人だけだったが、父は敗戦以来、ずっと酒と縁《えん》が切れず、また結核《けっかく》という厄介な病《やまい》を背負っていた。いまとちがって五十年前の結核は、ほとんど業病《ごうびょう》のようにみられていたものである。中学生の仲間と、結核患者のいるという家の前を、鼻をつまんで走り抜けたことがあった。もちろん、なかば冗談めいた遊びだったが、年寄りたちのなかには、本気でその家の前を通るのを恐れる者もいたのだ。

だから私は父の抱《かか》えている病気のことを友人たちに話すことができず、そのことでいつもうしろ暗い思いを抱《いだ》いて日を送っていた。一緒に暮らしていた私たちが同じ病気に感染しなかったことは、いま思うと不思議《ふしぎ》な気がする。

父が療養所に入って専門の治療を受けるようになったころ、私は高校を卒業しようとしていた。私はどうしてもどこかよその土地へいって、一人で生活したかった。北海道でも、東北でも、北陸でも、関西でも、どこでもよかった。仕事を見つけ、働きながら大学へゆく、それが十八歳の私の夢だった。私はそのことを父親に話した。

父はしばらく黙っていたが、やがて苦しそうにセキをし、ガーゼでたんをぬぐうと、

「これからの世の中は――」

と、かすれた声で言った。

「学問や知識なんか役に立たんぞ。大事なことは手に職をつけることだ。大学なんかやめて、腕のいい職人にならんか。大川《おおかわ》の町に昔の友達がいて、家具製造業

をやってる家がある。おまえのことをちょっと話したら、家具職人の見習いとしてあずかってやってもいい、と言っていた。よかったら一度、いって様子を見てきたらどうだ」

その父親の言葉には逆らうことのできない実感がこもっていた。貧しい山村《さんそん》の農家から出て、師範《しはん》学校で給費生《きゆうひせい》として学んだ父親である。卒業後も日夜努力してさまざまな検定試験をパスし、教育界の階段を這《は》いあがっていくことに半生を賭《か》けたノンキャリアの父親だった。その彼が敗戦ののち身にしみて感じた結論が、

「手に職をつけることがいちばん」

だったというのは、なにかもの哀《がな》しい感じがしないでもない。

引き揚げ後、父はいろんな仕事に手を出し、結局どれにも成功しなかった。ミカンのブローカー、カーバイトの闇《やみ》商人、峠の茶屋の経営、そして芋《いも》からアルコールを蒸留《じょうりゅう》する密造酒の製造などもやった。新興の宗教に入信したこともあった

し、小倉《こくら》の競輪場へ通《かよ》いつめた時期もあった。

最後には周囲の好意で一時、教員の仕事に復帰したが、そこでもウイスキーの小びんを隠し持って教壇に立ったりして、やがて療養所で晩年をすごすことになる。

戦争中は平田篤胤《ひらたあつたね》や賀茂真淵《かものまぶち》などと一緒に、西田幾多郎《にしだきたろう》やヘーゲルの著作などを本棚に並べていた下層知識人のひとりだった。一方で剣道と詩吟《しぎん》にこり、石原《いしはら》莞爾《かんじ》将軍のことを熱っぽくしゃべったりするような、当時はどこにでもみられた典型的な疑似《ぎじ》インテリの学校教師である。

そんな父親の、最後に得た〈人生で大事なもの〉が、〈手に職をつける〉ことだったとすれば、それはそれでひとつの立場といえるだろう。それだけに、大川の町で家具職人の見習いをやらないかとすすめる彼の意見にも、かなりの説得力はあったのである。

私はその父親の提案に反対はしなかった。一歩後退して、大学進学の話はひっこめ、父の紹介状をもって大川の町へ出かけることにしたのだ。

大川は筑後《ちくご》地方の南西部の町で、古くから家具指物《さしもの》工業がさかんな土地だった。大川家具というのは、全国でもかなり知られたブランドである。日曜の午後、一軒の家具店をたずねた高校生の資質《ししつ》を、主人はひと目みただけで鋭く見抜いたらしかった。あんたには辛抱《しんぼう》できんじゃろう、と彼は微笑して言った。

「砥石《といし》で道具ばちゃんと磨けるようになるだけでん、何年もかかるとじゃけんな」

わかりましたと言って私は店を出た。暗い土間と、積み重ねてある木材の山が、私の心を重く押しつけていた。父はなんと言うだろうか、と帰り道で考えた。

若さは常に残酷で身勝手なものである

結局、私は家の事情などおかまいなしに、上京して大学へいくことにした。父親もつよく反対はしなかった。この子はとても家具職人には向かない、と考えたのだろう。そもそも辛抱とか、努力とか、そういった意志的なことがなによりも苦手《にがて》な性格だったのである。

「受けるのは一回、一学部だけ」

と、いうのが父親の出した条件だった。その受験に失敗したら進学はあきらめろ、というのである。

私は九州から列車で上京した。「雲仙《うんぜん》」とか「霧島《きりしま》」などという急行列車に乗れば、博多《はかた》から東京まで二十四時間でいける。しかし、急行など当時の私には高《たか》嶺《ね》の花で、丸二日ほどかけて上京した。北多摩《きたたま》の先輩の下宿に転がりこみ、そこから受験に出かけた。

運よく合格したものの、入学金が用意できない。授業料が年に一万七千円の時代だったから、入学の際の費用は五万円もあれば足りる。しかし、その五万円を用意するために、父親は療養所を抜けだし、自転車でほうぼう走りまわった。結局、恩給《おんきゆう》証書を担保に、いまでいうサラ金から五万円を借りて私に渡してくれたのだ。

「あとは自分でやるんだぞ」

と、父親はせきこみながら言った。

「これがいまのおれにできる精いっぱいのことだ」

それは痛いほどわかっていた。どうやって借りた金を返すのか、想像もつかない。しかし、若さは常に残酷で身勝手なものだ。私はその金を受けとって、弟と妹を残し一人で上京したのである。

そんなわけだったから、大学へ通《かよ》いはじめてからも、絶えず頭にうかんでくるのは郷里《きょうり》の父や、弟、妹たちのことだった。生活は苦しかったが、そんなことはなんでもない。

一カ月ちかく大学のそばの神社の床下《ゆかした》に寝泊まりしていたこともある。湿った祭礼用の紅白の幔幕《まんまく》にくるまって寝ていても、くり返しくり返し家のことが思い出された。

残してきた者たちのことを思うと、心臓がひきつるように痛む。心が痛む、などというが、あれは心筋梗塞《しんきんこうそく》と同じ感覚だ。本当に息が止まりそうになるのだった。それを忘れようとしても、どうしてもできない。それが肉親の絆というやつなのである。

Kというクラスメイトに、「ペー（共産党）に入《はい》らないか」とすすめられたのを笑って断ったのは、おれの立場はプロレタリアートの、そのまた下だ、と思っていたからだった。

肉親の消滅を願う自分の浅ましさ

この肉親の絆《きずな》というやつは、じつに厄介なものである。〈断つにしのびない恩愛〉と、辞書では簡単に説明してあるが、実際の人間の気持ちはもっと複雑で、もの哀しい。

〈自由を束縛するもの〉

という表現もまた、いささか実情にそぐわないところがあるようだ。たしかに肉親の絆というのは、個人の自由を束縛する足かせ、手かせではある。

言いにくいことだが、肉親の死を一度たりとも願ったことのない人は、まれにみる幸運な人と言っていい。死を願う、というほど露骨《ろこつ》ではなくても、「もし、あいつがいなければ――」と、思ったりもする。魔法のように、パッと消え失《う》せてくれたならどんなに自分は自由になることだろう、と思う。そしてすぐに、そんなことを考えたりする自分を、うとましく、浅ましい人間だと恥じるのである。

「こころの絆」

といえば、なにかとても美しく、なつかしいもののような感じがするものだ。

「家族の絆」

もそうだ。そこにはすでに失われた情愛のあたたかさがあり、人と人とをつなぐ理屈ぬきのやさしさがある。しかし、人は自分がせっぱつまっているときには、肉親の存在さえ重荷と感ずるものなのだ。そのために自分が自由でありえないことを、悶々《もんもん》として嘆《なげ》くのである。それを醜《みにく》いエゴイズムと言ってしまえば、そのとおりだろう。自分勝手な、情愛に欠けた心理と言われても、まったく反論の余地はない。

しかし、自己弁護の気持ちを捨てて言うが、生涯《しょうがい》にただの一度も肉親の消滅を思い描《えが》くことがなかった人は、恵まれた、幸福な人なのだ。そういう人も、世の中には少なからずいる。それは金に困って盗みを考えたことのない人がたしかに存在するように、ある程度はいる。百万人に一人、とは思わない、十人に一人、いや、三人に一人くらいは、いるのかもしれない。

けれども私は、三人に一人の立場ではなく、そこからはみだした三人中の二人のことを考えているのだ。「悪人正機《あくにんしょうき》」という場合の悪人と善人の比率も、たぶんそんなものだろう。

多くの人は、しばしば「肉親の絆」に泣く。うれしくて泣く場合もあり、つらくて泣くときもある。どちらかといえば後者のほうが多いのではあるまいか。肉親の絆に泣くとき、人はただ肉親の気持ちを思って泣くだけではない。自分の無力さ、自分の心の浅ましさに泣くのだ。

世間の絆《きずな》から解放される道

〈遠くの親戚《しんせき》より、近くの他人〉とは、よく耳にする言葉である。

たしかに血を分けた兄弟であっても、遠く離れていて、一度も一緒に暮らしたことのない相手には、あまり入り組んだ愛情の気持ちはない。共に苦しみ、共に逆境をのりこえ、共に飢《う》え、共に遊んだ仲間のほうが、肉親よりもはるかに大切だということもあるだろう。

戦場で運命を共にした友のほうに、より深い絆を感じるという人たちもいる。その意味では、肉親の絆だけが私たちをつなぎとめる唯一《ゆいいつ》のものではないのかもしれない。

また、血を分けた肉親のあいだの対立と憎悪《ぞうお》は、なんともいえず激しいものだ。他人であればなんとも思わない仕打ちが、肉親、家族だからこそ許せないと思うのである。両親が世を去ったのちの、兄弟姉妹《きようだいしまい》、縁者《えんじや》たちのあいだに生ずる葛藤《かつとう》ほど気の重いものはない。憎みつつ愛し、愛しつつ憎む複雑な感情の絡《から》みあいは、他人にはうかがいしれない苦しみにみちている。

そして幼いころ、生活と運命を共にした肉親も、年を経《へ》て、長く離れているうちに少しずつ他人のように感じられてくるものだ。それをかろうじてつなぎとめてくれるのは、やはり苦しみを共有し、同じ体験を経てきた記憶である。それは一種の友情のようなものかもしれない。

男と女の生活、たとえば結婚というような共同生活がうまくいく大事なポイントは、初期の異性間の愛情を、いかに深い友情に転化させていくかにかかっている。一緒にあの時期をのりこえてきた、という記憶、そして苦しみを共に担《にな》ってきたという記憶こそ、なにものにもかえがたい男と女のあいだの絆ではあるまいか。

しかし、いずれにしても〈絆〉は、個人の自由を束縛する側面をもっている。世の中に、いいことばかりはないのだ。心強さ、うれしさがあれば、その裏側に反対のものが一枚仕立ての布地のように重なりあっている。

そのような世間の絆から解放されることを望んだ昔の人たちの多くは、俗世間を捨てて出家《しゅつけ》し、仏門に入《はい》る道を選んだ。出家することは、すべてを捨てることを前提としている。

さまざまな絆から自由になる方法としては、死か、出家か、その二つくらいしかないのではあるまいか。故郷を捨て、家を捨て、肉親を捨てて異国へ放浪《ほうろう》の旅へ出たとしても、とても人は〈絆〉から自由にはなれないだろう。しょせん私たちはその〈絆〉を背負って生きていくしかない。

〈家〉という精神的連続性は解かれたか

いまでこそたいして束縛とは感じられないが、昔は〈家〉の絆というものが人をしばっていた。封建《ほうけん》社会ではことにそうである。〈家名〉の重さに、人びとが押しつぶされかねなかった時代である。

「家名を重んずる」ことは、武士階級の道徳の第一歩とされた。また庶民大衆のあいだでも、

「ご先祖さまに申し訳ない」

という言いかたがしばしば用いられた。

封建時代をすぎても、明治、大正、昭和と、かなり長いあいだこの〈家〉の重圧は、人びとをしばる絆として存在していたと言えるだろう。

最近ではさすがに「家名を傷つける」などという言いかたにお目にかかることは少ない。しかし、かなり恵まれた階級に属する人たちには、まだ幾分《いくぶん》かは〈家名〉へのこだわりは残っていそうだ。

私たち雑民となると、さすがに〈家〉にしばられることは、ほとんどなくなっている。〈家族〉の絆は意識しても、〈家〉という目に見えない影におびやかされることはない。〈ご先祖さま〉に申し訳ないとも思わない。

最近の若い世代も、ほとんどそうではあるまいか。近代の個人主義は、そのようにして私たちの精神的な連続性を解体してしまったのである。柳田国男《やなぎたくにお》が生きていたら、「これじゃ日本人もおしまいだ」と嘆《なげ》いたことだろう。

しかし、もともとこの〈家〉という考えかたは、中国文化の影響によって育ったものではないかと思う。柳田とは反対に、私は彼が〈常民《じょうみん》〉と呼んだ日本人大衆の意識と感性の深部にあるものは、神道的感覚と仏教的なものの見かたとが、混然一体《こんぜんいったい》となったものだと考えているのだ。ことに中世以降、仏教が貴族・国家の支柱から庶民大衆の心のよりどころとして広く根づいてからはそうだろう。〈ナムアミダブツ〉とは、本来は浄土《じょうど》教系の念仏《ねんぶつ》だが、宗派《しゅうは》を超《こ》えて広く一般に用いられてきた。芝居《しばい》や浪曲《ろうきょく》でも「ナムアミダブツ」と合掌《がっしょう》し、漱石《そうせき》の小説に出てくる猫までが「ナムアミダブツ」と言う。

この「ナムアミダブツ」は、漢字で「南無阿弥陀仏」として中国から伝えられた。しかし、そのはじまりはインドである。インドの仏教思想が中国に伝えられ、独自の変化と発展を遂《と》げる。日本に渡来《とらい》したのは、インド仏教そのものではない。その間に、いくつもの変化があった。〈家〉という考えかたも、そのひとつである。

〈個〉のインド文化、〈家〉の中国思想

インドの仏教は、もっぱら個人の解脱《げだつ》、悟《さと》りを問題にする。よく言われることだが、インド人は世界でもとびぬけて個性、個人を尊重する民族だ。

〈天上天下唯我独尊《てんじょうてんげゆいがどくそん》〉という文句の解釈はともかく、字面《じづら》だけを見ても、個人の救いを求めたのがインドの原初仏教の立場だったことが感じられるだろう。

インドの街《まち》で、ある旅行者が道に迷って周りの人に教えを乞《こ》うた。するとたちまち人垣《ひとがき》ができて、口々に大声で目的地への道を教える。ところが、皆ひとりひとりがぜんぜんちがった道を教えるので、旅行者は何がなんだかさっぱりわからなくなってしまったという。

人が右と言えば、必ず左と言う。生半可《なまはんか》に他人に賛同はしない。同じ目的地を教えるにも、それぞれが自分で考える独自のコースを主張して決してゆずらない。これがインド人だ、と言うのだ。とりあえず個を尊重するのがインド文化だと言っていい。

したがって当然、仏教も個人の悟りを中心に仏法《ぶつぽう》が説《と》かれた。古くからインドに定着していた思想のひとつに、因果《いんが》説がある。これはもっぱら倫理《りんり》・道徳的な側面がつよいが、仏教思想にもまじって中国に伝えられた。個人主義的なインドでは、

〈善因善果《ぜんいんぜんか》〉

といえば、あくまで個人の行いである。善行《ぜんこう》をし、人に親切にすれば、その人本人に善《よ》い結果がもたらされるという考えかただ。ここで問題になるのは、あくまで個人である。その人が行った行為は、その人にすべてかえってくる。兄弟にでも、親にでもなく、また子孫などにでは決してない。あくまで個人の因果《いんが》である。

しかし、これらの思想が中国に入ってくると、はっきりと変化するところがお

もしろい。中国では個人よりも、家、一族こそ大事なのだ。中国人が家族、親戚、一家をどれほど重んじるかは、よく知られている。インドの文化や仏教経典《きようてん》が漢訳される途中で、おのずと風土、伝統の影響を受けるのは当然だろう。

こうして〈善因善果〉説は、中国では個人よりも家中心の思想となってゆく。儒教《じゆきよう》経典の『易経《えききよう》』に出てくる言葉を、道教《どうきよう》学者の福永光司《ふくながこうじ》さんは、こんなふうに解説されていた。漢文だとややこしいので、読みくだし文で引用させていただこう。

積善《せきぜん》の家に必ず余慶《よけい》あり
積不善《せきふぜん》の家に必ず余殃《よおう》あり

これを文字どおりに解釈すると、

「善い行いをたくさん積んだ家の一族、子孫には、必ず善《よ》い報《むく》いがある。しかし、悪いことをたくさんした家の一族、子孫には、必ずその悪行《あくぎょう》の報いがある」

これはもちろん古代インド人の考えた〈善因善果《ぜんいんぜんか》　悪因悪果《あくいんあっか》〉の中国版だ。しかし、ひとつだけインド人と中国人の思想の、根本的なちがいがある。それは、インドの場合は、あくまで個人の行為が個人の将来にはね返ってくるとみるのに対して、中国では個人でなく〈家〉単位で考えられていることである。

インドでは個人にはじまって、個人に終わる。そこで問題にされるのは、どこまでも個人である。父の悪行が子にはね返ってきたり、伯母《おば》の善行が姪《めい》や孫に影響をもたらすことはない。どこまでも個人の善悪は、その個人にはじまり、個人に終わる。末代《まつだい》までということはありえず、一族子孫に及ぶこともない。それがインドの古い考えかただった。しかし、その思想が仏教とともに中国に伝えられると、中国人の精神的伝統と社会的慣習のなかで、大きく変化する。

〈積善の人に、必ず余慶あり〉

というのがインド流の思想だ。それがいつの間にか中国で変貌《へんぼう》して、

〈積善の家に、必ず余慶あり〉

となってゆく。〈人〉から〈家〉に変わるのだ。これはかなり大きな問題ではあるまいか。一家中《かちゆう》の誰かが行った善行悪行は、必ずその一族家中に影響を及ぼすのである。そうなると個人のあずかり知らないところで、とんでもない福や災難が突然ふりかかってくる場合もあるだろう。どうして自分がこんな目に、と嘆いてみても、あなたの曾祖父《そうそふ》の悪行の報《むく》いです、と言われてしまえばおしまいだ。こうなると、〈宿命〉とか〈業《ごう》〉などという言葉も、にわかに重みをおびて感じられてくる。

個の確立と個の孤独

中国の思想は、上代のわが国にグローバル・スタンダードとして猛威《もうい》をふるった。そのときから、家という考えかたが、日本人にも大きな影響を及ぼしたと考えていい。

日本の墓のなかには、〈○○家の墓〉と書かれた墓標《ぼひょう》が多い。これはたぶん中国ふうの家と一族を重視した考えかたの影響だろう。

仏教といえばなんとなく「お墓まいり」を連想する感じもあるが、インド仏教では墓はつくらないのがふつうである。よくテレビのドキュメンタリー番組などで紹介されるように、ガンジス河のような川のほとりで遺体を焼き、川に流すというのが一般のやりかたである。

有名な人の遺廟《いびょう》や、記念碑はあちこちにある。また、ブッダの死後、遺体を火葬にして、その骨を分骨し、塔におさめて供養《くよう》する運動があった。この塔を〈舎《しゃ》利塔《りとう》〉〈仏舎利塔《ぶっしゃりとう》〉などという。〈舎利《しゃり》〉はパーリ語で遺骨を意味する。しかし、これもいわゆるお墓ではない。信仰のシンボルのようなものだ。

いまではほとんど想像もつかないような〈家〉の権威《けんい》というものが半世紀ほど前まではは存在しており、それが相互扶助《そうごふじょ》のはたらきもし、また個人にのしかかってくる重圧ともなっていたのである。

私の両親の郷里などでも、本家、分家などという面倒な形式が、ついさきごろまで残っていたものである。墓も本家の墓を中心に、そのわきに分家の墓をつくることが多かった。いわゆる同族墓というやつだ。それを見るたびに〈家〉というもののプレッシャーを感じたものである。おれは絶対に〈〇〇家の墓〉なんぞには入らないぞ、と心のなかで考えたものである。

もともと日本人は、ながく墓などつくらず、遺体を山野に投げすてるのがふつうだったようだ。貴族や豪族は別として、庶民大衆のやりかたはそうである。葬《ほうむ》る、という言葉の語源を、放《はふ》る、とする説もある。文字どおり放《ほう》り投げることである。京都などの人気のある観光名所も、かつては遺体を放る場所だったところが多い。

親鸞《しんらん》は、自分が死んだら死体は賀茂《かも》川に放って、魚に食わせればいい、と、言ったらしい。この考えかたは、中国仏教の影響を超えて、インドの古代仏教に直結している。しかし、その言葉に共感しながらも、やはりなかなかそうできないのが、人間の情というものだろう。

肉親、家族、そして家。

いま私たちは、少しずつそういうものから離れつつあるようだ。それは個の確立ということでもあり、同時に個の孤独ということでもある。私は〈家〉は嫌いだが、肉親、家族の感情からは、まだどうしても自由になれないところがある。

私たちは永遠に絆《きずな》から逃れられない

肉親の絆というものは、どんなに否定しようとしても、否定できないものである。その絆をゆわえつけられて生まれてきたことは、宿命としか言いようがない。

人はその絆の心強さに感動し、その絆の重さに苦しむ。

かつてナチス・ドイツが国策として、強く健全な国民を創《つく》るために、配偶者《はいぐう》と出産と育児を国家で管理しようと試《こころ》みたことがあった。理想的なゲルマン民族の男子と、健康な女性とを結合させ、生まれた子供は国家が集団で育てるという計画である。

もしも、こうして肉親の絆から切り離されて育てられたとすれば、人はそれでもなんらかの絆を感ずるのだろうか。そこでは国家が父親であり、政府が母親となる。集団生活を送るすべての子供らは、みなきょうだいとなる。そのときはたして人は上から定められた人間関係に絆を感じるだろうか。

同期の桜、といった共同体の絆はあるだろう。同じ目標のもとに生きる同志愛のようなものも生まれるかもしれない。

しかし、私はそういうものを絆とは考えない。絆とは言うに言えない不合理なものであり、その不合理ゆえに重く、また深い。

いま、その絆が徐々に希薄《きはく》に、かぼそく変わっていきつつあるようだ。近代的人間の形成とは、そのようなものだろう。個人の確立をめざして、私たちは明治以来ずっとその方向へ向けて歩きつづけてきたのだ。しかし、いま、あらためて肉親と家族の絆の問題が大きく問われようとしている。

人間の絆は、あたえられるものではなく、つくりだすものだ、という意見もある。たしかに長年苦楽《くらく》を共にしてきた夫婦愛のほうが、家族や肉親への愛情より深く、強い場合が多い。しかし、個と個の結びつきによる男女の絆が、またそこに親子という新しい不合理な絆をつくりだすのである。そのことを考えると、私たち人間は、永遠にこの絆から離れ去ることはできないのかもしれない。

もし、そうだとすれば、私たちはその絆そのものを、もう一度きちんと大事に見つめ直すことが必要なのではないだろうか。試験管のなかで誕生する生命にも、目に見えない絆は存在する。臓器移植とは、人工的につくりだされる絆であるのかもしれない。絆とはあたえられるものなのか。それともつくりだすものなのか。私たちはその答えを求めて、絆の輪のなかをさまよいつづけるのだ。

金銭について

五十一円から八十円への人生

「金とか、名誉とか、そんなものは結局むなしいものさ。人間、死んでしまえば何ひとつもってはいけないんだから」

などと言う人がいる。有名な小説や芝居《しばい》のなかでも、しばしば出てくるセリフだ。

たしかにそのとおりだとは思う。しかし私たちは死んだあとのことよりも、いま、この世間に生きているうちのほうが気になる。金や名誉なんて、と、軽く言ってのけられるのは、たぶん恵まれた人にちがいない。そうでなくても、一般人とは相当にちがう特別なプライドの持主ではあるまいか。

私は敗戦後、劇的に貧しい生活をしいられるようになった。それまでは植民地で、教師の子としてそこそこの暮らしがつづいていたのだ。もちろん、戦争の時代だったからモノは豊かではなかった。しかし植民地を支配している側の国民だったから、ふつうの朝鮮人よりもはるかに楽な生活ができたと思う。

父親の履歴書を見ると、大正十五年（一九二六）に九州の小学校教師としてスタートしている。いまでいうノンキャリアの人生の出発点だ。当時の月給が、〈八級上俸〉とあって、五十一円である。平壌《ピョンヤン》で敗戦を迎えた昭和二十年（一九四五）のころには〈三級俸〉までたどりついているが、それでもしれたものだろう。

私の小学生時代の記憶に、母親が、

「お父さんの月給が八十円になったのよ」

と、うれしそうに言ったときのことが残っている。

敗戦と同時に父は失業者になった。そしてその日から私たち一家は、「金が敵《かたき》の世の中」を生きてゆくことになる。

母が死に、父は呆然自失《ぼうぜんじしつ》、なすすべもなく酒におぼれる日がつづいた。売り食いができる連中がうらやましかった。こちらはソ連軍の進駐《しんちゅう》と同時に、官舎も、家財道具いっさいも、すべて見事に接収《せっしゅう》されて、着の身着のまま放《ほう》りだされたのだ。

十二歳だったその敗戦の夏から、およそ二十年にわたる金欠生活がつづいたために、私のなかの金銭観は相当に歪《ゆが》んだものになってしまった。それは現在でもそうである。いったん背負いこんでしまった貧乏神のいやな匂いは、たぶん背中にしっかりしみついてしまって、死ぬまで消えないのではないかと思う。

「人間万事《ばんじ》金の世の中」

とまでは割り切れない。しかし、金に困ったときの人間というものは、じつにみじめなものだ。

ふたたび〈貧乏〉の時代がやってくる

貧乏というのも、若いあいだならまだいい。年をとってからの貧しさは、ちょっと言葉にならないみじめな状態である。それも、自分ひとりのことなら、まだ風流かもしれないが、そこに家族、肉親などが絡《から》んでくると悲惨《ひさん》なことになる。

その上、病気がくわわったりすると、もうお手あげだ。貧乏と家族と病気。私にとって、その複合汚染《おせん》は二度と出会いたくない世界である。

いまではそんな暮らしもピンとこない時代になった。『おしん』も、『一杯のかけそば』も、すでに現実感のないフィクションかジョークの材料でしかない。しかし、はたしてこんな豊かな世の中がこれからもつづいてゆくのだろうか。私はそうは思わない。

すでに誰もが頭の隅のほうで予感していることだが、最近《さいきん》、世の中が少し変だ。前近代的な体質から脱皮するために、などといって、大企業がさらに合併《がっぺい》や提《てい》携《けい》を進めている。さきごろも都市銀行の大手が合併を発表した。それはいったい、誰のために良いことだろうか。

大きなものが手を結んで、さらに大きくなってゆく。少数の企業が巨大化し、強くなっていくということは、たしかに合理的ではあるだろう。

しかし、そのことは半面、私たち消費者の選択肢《せんたくし》が少なくなることだ。競争相手があちこちでサービスを競《きそ》っていればこそ、私たちはユーザーの立場で比較・選択できるのである。強力な寡占《かせん》体制が市場《しじょう》に君臨《くんりん》するようになれば、私たちはその力の前に、文句も言えずにしたがわざるをえないだろう。

一部の富めるグループはますます富み、大多数は貧しさのなかであくせく働《はたら》くしかないような世の中は、すぐそこまできているのではないか。

アメリカの企業経営者の収入は、一般従業員の平均の二百倍を上まわるという統計もある。平社員が年収五百万円とすれば、トップは十億というわけだ。

すでに労働組合の時代もすぎた。合理化とか、近代化とかいう名目で、使う側が働く人間を自由にクビにすることが当然のような時代がくるだろう。貧乏は遠いむかしの物語ではない。「金が敵《かたき》の世の中」は、確実にその姿を見せはじめている。消費者金融や、中小企業金融業界の目をみはる躍進ぶりは、そのなにより の兆《きざ》しではないだろうか。

〈貧乏〉と漢字で書いていたのが、いつのころからか〈ビンボー〉と書かれるような時代になった。たぶんバブル経済華《はな》やかなりしころのことだろう。〈貧乏〉という字は、みるからに貧相で、もの哀《がな》しい。やりきれない感じだけでなく、嫌《けん》悪《お》の情がつきまとう。しかもどこか鈍《どん》くさく、絶対、近づきたくない気がする。

一方、カタカナで書く〈ビンボー〉には、なんとなく軽《かろ》やかで洒脱《しゃだつ》な雰囲気《ふんいき》があった。同じように金に困ってはいても、困りかたがぜんぜんちがう。片方は米屋での米の一升買いだったり、質屋通《がよ》いだったり、病気の親をかかえての借金生活である。

〈ビンボー〉には、それがない。都会で暮らす若い単身生活者の金のなさ、である。きょう食うものがないとなれば、固くなったバゲットの切れ端にオリーブ油でもたらしてかじろうという雰囲気だ。

しかし、いまふたたび、あのやりきれない〈貧乏〉の時代がやってくる気配《けはい》がある。千円札一枚の重さが、ひしひしと身にしみる世の中が、もうそこまできているのだ。

時代は後もどりしない、という。しかし世の中は常にくり返すものである。そのかたちはちがっても、少数の超強者が多数の弱者を支配するのが二十一世紀の世界だと私は思う。

そうなればなるほど、金というものの力が大きくなってくるはずだ。人間万事金の世の中、というのは、封建時代の昔の話ではない。

しかし、私自身をふり返ってみて、つくづく思うのは、金銭というものに対する態度が、じつにいいかげんであることだ。金銭の思想といえば大げさだが、金銭観というものが、まるで確立されていないのである。

当然のことながら、人は子供のころから日常的に接しているものに対して、自然に身心の感覚が身についてくるものらしい。赤ん坊のときからピアノの鍵盤《けんばん》を指で叩《たた》いて遊ぶ子供は、おのずから音感というものが育ってくるだろう。タイガー・ウッズを例にひくまでもなく、スポーツにしても、芸能にしても、語学にしても、どれだけ早くからながくそれに接してきたかは、決定的に重要だ。

日本人の大多数は、田舎《いなか》のムラで生きてきた。ムラではモノや土地がものを言う。私はムラ出身の二世である。金銭に対するきちんとした心がまえや、自分にとって金とは何か、という考えかたが欠如《けつじょ》していたとしても、それはある部分で仕方のないことのような気がしないでもない。しかし、はたしてそれでいいのか。

金のために身を屈する人間は金を憎む

白状すると、私には自分でコントロールできないほどの浪費癖《ろうひへき》がある。〈癖《くせ》〉という字にはや、ま、い、だれがついている。疾《しつ》とか、病《びょう》という字の親戚《しんせき》かもしれない。するど病気の一種だろうか。

そう考えてしまえば気が楽になる。生まれながらの持病《じびょう》と思って、あきらめてしまえばいいのだ。

しかし、私の無駄づかいの激しさは、生来《せいらい》のものではない。いうなれば、もちつけぬものをもった人間の一種の錯乱《さくらん》ともいえそうだ。要するに、金というものに慣れていないのである。貧乏人がもちつけぬものをもったために、それをどう扱えばよいのか、混乱してしまっているとしか思えない。

先日の新聞にアメリカで、籤《くじ》で十数億円を当てた男が、いろんな事業に失敗し、離婚されたあげく何億という借金をかかえて破産したニュースがのっていた。これももちつけぬものをもったための笑えない悲喜劇《ひきげき》といっていいだろう。

しかし、それだけではない。およそ病的な浪費行為に走る人間には、どこか人間らしい正しい感覚が生きているようにも思われる。こういう言いかたは変にきこえるかもしれないが、じつは貧乏人ほど金を無駄に使いちらすのである。

よく聞く話に、風俗の店で働く若い女性たちが、ホストクラブでひと晩に何十万円も散財《さんざい》するというケースがある。いったいどういう感覚だろうとあきれる一方で、私にはなんとなく納得《なっとく》のいくところがあるのだ。

性ビジネスの世界で働くほとんどの女性たちは、必ずしも好きで性を売る仕事をしているわけではない。やはり金を稼ぐことが目的だろう。しかし、不特定多数の男たちを相手に、セックスのサービスをくり返すことは、どんな人間にも大きな無意識のストレスをもたらす。

金のために身を屈する人間は、誰もが心の底で金というものを憎んでいるのではないか。手にした一万円札の束《たば》は、生き甲斐《がい》でもあると同時に、また屈辱《くつじょく》のしるしでもある。

こんなペラペラの紙きれ何枚かのために、自分の精神と肉体とをここまで酷使《こくし》しなければならないのだと思えば、腹が立たないほうがおかしい。

事情はサラリーマンも、自由業者も、ほとんど変わりがない。いったいどっちが主人なんだよ、と、うんざりするのがあたりまえだろう。「金が敵《かたき》の世の中」とは、「金が主人の世の中」であり、「金が人間より偉い世の中」でもあるのだ。

どこまでも人間でいたいから金を浪費する心理

私が授業料滞納のために大学を抹籍《まつせき》されたのは、一九五〇年代の終わりのころである。職業を転々としたあげくに、ようやく落ち着いたのが、いわゆる業界誌の編集部だった。編集主任とは名ばかりの肩書きだったが、とりあえず月給は出る。しかし、月末になると社長からひとりひとりの社員に、月給袋を手わたされるのが、私はいやだった。

なにかひと言、感想や注意を述べながら、さも大切そうに薄っぺらな袋を渡す。ありがとうございました、と、頭をさげると、社長は眼鏡《めがね》を光らせて、うむ、と重々しくうなずく。月給はありがたいが、毎月のその儀式《ぎしき》が、私には耐えがたく不愉快でならなかった。

新宿二丁目にあったその編集室の階段をおりると、人通りのないのをたしかめて、月給袋を舗道に投げ、靴で踏みつけたりする。

「この野郎、この野郎！」

と、けとばして、あわてて拾いに走ったこともあった。なんでこれっぽっちの紙きれのために、あれほど頭をさげたり、社長の車の水洗いまでしなければならないのか。仕事だから、と言ってしまえばそれまでだが、やはり金に対する怒りもまたふつふつと体の奥にたぎるのを感ずる。

そういうときに、私はいつも馬鹿《ばか》な金の使いかたをした。有効に使うのは絶対にいやだったのである。

「おまえなんか、この程度のものなんだよ。こっちがその気になりさえすれば、破って捨てることだってできるんだぞ。ひょっとしておまえさん、人間より偉いなんて思ってるんじゃあるまいな。ご主人づらはしゃらくせぇ。こっちがおまえを使うんだ。そっちに使われてるんじゃない。思い知ったか、このはした金め！」と、声に出しては言わずとも、そんな気持ちを抑《おさ》えることができなかったのだ。したがって、金は絶対に無駄づかいでなくてはならなかった。浪費であればあるほど、自分が人間であると実感できるのだから。

たぶんホストクラブで何十万円もひと晩に使う娘たちの心の底には、当時の私の心境とあい通じるものがありそうな気がする。苦労して稼いだ金であればあるほど、パッと無茶《むちゃ》に使い散《さん》じてこそ心の憂《う》さが晴れるのだ。

そのことを私は笑う気がしない。どこまでも人間でいたい、という切ない祈りが底にあるように感じられるからである。こういう言いかたは、たぶん、ひどく滑稽《こっけい》な意見に思われるかもしれないが。

つよく夢みれば実現するか

若いサラリーマンむけの雑誌で、金銭についての特集をやっていた。十数人の識者《しきしゃ》や、投資の専門家や、経済学者が登場して、それぞれユニークな意見を述べている。

「若いうちは徹底的に金を使いきれ」

と、元気のいい発言をしているのは、ビジネス指南書《しなんしょ》で人気を集めている気鋭《きえい》の評論家だ。貯金などとケチなことは考えるな、という意見だ。

「二十代ではリスクをとって大胆にチャレンジせよ」

と、ハッパをかける投資コンサルタントもいる。守りにはいるのは人生後半にさしかかってからで十分、というわけだ。若いうちはいくらでも出直しがきく、金銭に関しても冒険できるのが青年の特権ではないか、という考えかたらしい。

一方で、

「まずコツコツと元手《もとで》を貯《た》めること。どんな利殖《りしょく》を考えるにしても、空手《からて》ではなにもできない。とりあえず百万円を目標に貯蓄をはじめなさい。百万円貯まれば、二百万はすぐそこ、五百万も確実だ」

と、具体的すぎるアドバイスをなさる堅実《けんじつ》なかたもいらっしゃる。逆に女性経営者のひとりは、

「外に貯めるより、内に蓄《たくわ》えよ」

と、やや教訓的な意見であった。インフレであろうとデフレであろうと、リストラされようと有事の際であろうと、身につけた能力は失われることはない、というわけだ。パソコンに英会話、人脈に資格、そしてセンスに体力。その他なんでも身につけたものが、結果として豊かな利益を生む。若いうちはすべからく自

分に投資を、と自信たっぷりに述べておられる。

各人各様、それぞれに言っていることがぜんぶちがう。編集部の考えは、それらのなかから読者は自分で共鳴できる意見を選択しなさい、というわけだろう。しかし、金銭観もこれだけちがえば、正直、読者としてはとほうにくれるところもあるのだ。

ある意見に、なるほど、と思い、別の人の言葉に、そういえばそうだなあ、と納得する。そこで終わればいいのだが、またちがう発言に、いや、そういう見かたも正しいかもしれない、と迷い、こんどは正反対の説も一理あるように思われてくる。

結局、最後のところではぜんぶの意見が頭のなかで入り乱れて、いささか釈然《しやくぜん》としないままに次のページの新型携帯電話の紹介記事に目を通すことになってしまう。

要するに本当にしっかりした自分独自の金銭観、金銭感覚などというものは、人から教わるというわけにはいかないものなのだ。それは、それぞれの個人が、自分の生まれ育った状況と時代、もって生まれた天与《てんよ》の資質《ししつ》、人生における運、不運など、さまざまな要素の絡《から》みあったなかから、自然に身につけることになるものではあるまいか。

こういう言いかたをすると、まるで私が、なにもかも他人まかせの、自助努力のない人間のように思われるかもしれない。たしかにそうとも言える。人生には、個人の善意とか、努力とか、そういった力を超えたものがあるのではないか、と、私はひそかに思ってきているのだ。

「つよく夢みれば必ず実現する」

とか、

「人間は無限の可能性の塊《かたまり》である」

とか、そういった力強い励ましの声には、萎《な》えた心に水を注《そそ》ぐようなたのもしい響《ひび》きがある。事実、それを信じて成功した人たちの実話というものも世の中には無数にある。私はそのことを決して否定したりはしない。信念をもってそう語りかける人たちの善意を疑ったこともない。

「そうだよなあ。ずっとひとつの夢を抱《いだ》きつづけて努力することは、たしかに奇《き》蹟《せき》みたいなことを呼びおこすんだよなあ」

と、納得するばかりである。しかし、それでもなお心の片隅でつぶやく声がきこえる。ひとつの夢を生涯《しょうがい》つよく見つづけ、それを途中で投げだしたり、あきらめたりしないで生きることのできる人とは、そもそものような希有《けう》の資質に恵まれた少数の人ではないのか。そのこと自体が、すでに選ばれているのではないか。そういうひねくれた声である。その声には、どこか気恥ずかしい感じがあり、大声でそれを発言するわけにはいかない。

無限の可能性をもった人間もいるし、そうでない人びともいる。そうでない人間のほうが、はるかに多いような気がしないでもない。

「人間には無限の可能性がある」

と語る場合には、当然のことながら、「すべての人間には」という条件を前提としているはずだ。そうでなければ説得力というものがないではないか。

「つよく夢みれば必ず実現する」

という言葉の魅力は、「あらゆる人が」そうなりうる、と断定するところにあるのだろう。これが「一部の人は」では意味がない。あくまで全員が、である。

しかし、そうだとすれば、すべての人の夢が実現し、人類ぜんぶが成功する世界もありうることになる。そんなことがはたして可能だろうか。

「可能だとも」

と、ある人は私に言った。

「なぜかといえば、夢も、希望も、各人すべてちがうからだ。ビル・ゲイツのようになろうと夢みる青年もいるが、マザー・テレサのように生きたいと願う女性もいるのだから。すべての夢は、それぞれりっぱに共存することができるのさ」

しかし、その言葉にうなずきながらも、私の心のなかには、なお引っかかるものがあった。

「心の貧しい人」と「貧しい人」

たしかに夢や生きかたは、各人各様だろう。しかし、「金が欲しい」とか、「金持ちになりたい」とか思わない人はまずいない。そういった願望をまったくもたない人は、たぶん限られた少数者だろうと思う。

ふつうの人は、この世に貨幣が流通するようになってからこのかた、何千年も変わらずに〈富〉を欲しいと思いつづけてきたはずだ。古代インドの宗教の世界でも、〈富〉と〈出世〉と〈性のパワー〉とは、重要な現世利益《げんぜりやく》として求められている。

しかし、実際には、すべての人が豊かな富を手にすることはありえない。富の本質は、特権と格差である。もし、地上のすべての人が同額の収入を得《う》るようになったら、どうなるか。そのなかで私のような浪費家は、たぶんはいってきた金をたちまち使いつくして、誰かに借金をするのではないかと思う。一方で、堅実で合理的なタイプの人間は、バランスよく収入と支出を調整して暮らしていくだろう。そして人並みすぐれた野心と欲望に恵まれた特別な人びとは、私のような浪費家を相手に高利で金を貸し、やがて金が金を生むノウハウをマスターして、たちまち大金持ちになるはずだ。

借金に追われる家に育った子供たちのなかの、ほんのひと握りのがんばり屋さんは人の十倍努力して世間の階段を這《は》いのぼり、金持ちの仲間入りをする。しかし大半は経済的なハンディキャップを背負ったまま、浪費と貧困の世界に沈澱《ちんでん》する。こうして世の中はまた、二つに分かれてゆく。

こんな空想は、たぶん悲観的すぎると笑われるかもしれない。

また、まったく異《こと》なった価値観もある。

「心の貧しい人々は、幸いである」と聖書（マタイによる福音書）のなかでは語られるが、これは法然《ほうねん》、親鸞《しんらん》が語った「悪人正機《あくにんしょうき》」の考えかたとほとんど重なっている。ここでいう「心の貧しき者」「悪人」とは、この世でより多くの汗と涙を流しながら生きる人間たちのことだ。さまざまな重荷を背負いつつ、よろめきながら歩く人びとのこと、と素直に考えたい。

「私は病める者のためにきた」

と、いうイエスの言葉は、千万の教義論考よりも、はるかに力強く重い。

「心の貧しき者」という表現を、「心」のほうに重点をおいて解釈する人たちもいる。

そうなれば経済的な貧富は関係がなくなる。生の不安と絶望に心を悩まされながら、自己の信仰の貧しさを嘆《なげ》く大金持ちや大地主も、また大手をふって「貧しき者」の仲間入りができる。人はすべて神の愛を平等に受けとる権利を保証されることになる。しかし私は「貧しき者」のほうにより多く視線を向けたい。

仏はまず〈悪人〉を救われる

「悪人正機説」にしてもそうだ。若い人たちのために説明をくわえておくと、「悪人正機説」とは、ふつうは『歎異抄《たんにしょう》』という古い書物のなかに紹介されている親鸞《しんらん》という宗教家の言葉にもとづく考えかたのことをいう。

以前は親鸞のオリジナルな表現と受けとられていたようだが、最近では親鸞の師であった法然《ほうねん》から伝えられた考えかただと主張する説も目立つ。私にとっては、どちらでも一向にかまわない。そもそも考えかたとしては、インド、中国の大乗《だいじょう》仏教の流れのなかにふくまれている思想なのである。『口伝鈔《くでんしょう》』という古い本のなかに、《如来《にょらい》の本願《ほんがん》は、もと凡夫《ぼんぷ》のためにして、聖人のためにあらざる事》という一章があって、こんなことが述べてある。

「本願寺の聖人《しょうにん》、黒谷《くろだに》の先徳《せんとく》より御相乗《ごそうじょう》とて、如信上人《にょしんしょうにん》おおせられていわく、世のひと、つねにおもえらく、悪人なおもて往生《おうじょう》す、いわんや善人をやと。（中略）この事、とおくは弥陀《みだ》の本願にそむき、ちかくは釈尊出世《しゃくそんしゅっせ》の金言《こんげん》に違せり。（中略）傍機《ぼうき》たるべき善凡夫、なお往生せば、もっぱら正機たるべき悪凡夫、いかでか往生せざらん。しかれば、善人なおもて往生す、いかにいわんや悪人をやというべしと、おおせごとありき」

わかりやすく整理して言うと、こういうことだ。

「如信上人《しょうにん》はあるときこう言われた。世間ではよく、阿弥陀仏《あみだぶつ》の慈悲は広大無辺《こうだいむへん》で、悪人でさえもわけへだてなく救ってくださるそうだから、ふだんから善《よ》い行いを積んできている善人が救われるのは当然のことだ、などと言ったりする。しかし、こういう考えかたは、仏の願いを裏切り、釈尊《しゃくそん》の尊《とうと》いお言葉にも反するものだ。考えてもみなさい。仏は、この世で哀《かな》しい生きかたをしている罪ぶかい人びとを、まず第一に救おうと願いをたてられたのではなかったか。恵まれた者たちは二番目の仕事なのだよ。その第二の幸せな者（善人）たちさえも救われるわけだから、なによりも大事なあわれな人びと（悪人）がまず救われるのは当然ではないか。だから、世間でよく言うように、悪人でさえも救われるのだから、善人が救われるのは当然、などと言ってはいけない。むしろ、それを言うなら逆に、善人でさえも救われるのだから、悪人が救われるのは当然だろう、と、こう言うべきだろう。この考えかたこそ、親鸞聖人が師の法然上人からじきじきに教えられた〈悪人正機《あくにんしょうき》、善人傍機《ぜんにんぼうき》〉という大事な考えかたなのだよ、と如信上人は語られた」

ずいぶん長ったらしくなったが、つまりこういうことが『口伝鈔』という文献に書かれているのである。

また、このことについては、大法輪閣から刊行された、〈精読・仏教の言葉〉シリーズの『親鸞』のなかで、著者の梯《かけはし》實圓《じつえん》氏がこう述べておられるのを読んだ。かねてから愛読している梯氏の、達意《たつい》簡明《かんめい》な入門書であるからして、私にもすっきり納得のいく解説だった。その一部を引用させていただくことにしよう。

《法然からの口伝》という一章だ。

〈ところでこのような悪人正機を表す言葉は、初めは文献を通さずに法然から親鸞へ、そして直弟子の唯円《ゆいえん》へと口伝《くでん》（くちづたえ）されたものであった。それは、浄土真宗《じょうどしんしゅう》の教えがまだ一般化していない時期には、このような厳しい法話は誤解を受ける危険性が多分にあったから、正確に理解できる弟子にだけ口伝として伝えられたのであった。覚如《かくにょ》の『口伝鈔《くでんしょう》』にも「本願寺の聖人（親鸞）、黒谷の先徳（源空《げんくう》＝法然《ほうねん》）より御相承《ごそうじょう》とて、如信上人、仰せられていはく」といって、同じ悪人正機のご法話が、法然・親鸞・如信（親鸞の孫で、覚如の師）と口伝されてきたとして記録されていた。

それが法然のご法話であったということは、醍醐《だいご》本『法然上人伝記』の「三心料簡および御法話」の最後に、「善人なほもつて往生す、いはんや悪人をやの事」という言葉が漢文で記されていることでわかる。そこにも「口伝これあり」という細註《さいちゅう》がほどこされている。そしてこの言葉を法然から授けられた勢観房源《げん》智《ち》のものと思われる解説が付けられている。これは悪人正機説が、もとは法然から出たという『口伝鈔』の伝承を裏づけるものといえよう〉

要するに大事な考えかたや、貴重な言葉というものは、ながい歳月のあいだ人間の心のなかに脈々と流れているものであって、どの地点が源流点であるとは言えないのではあるまいか。ガンジスの流れをさかのぼって、ヒマラヤの氷河まで旅するドキュメンタリー番組をテレビで見たことがある。

しかしヒマラヤの万年雪がとけて、一滴の水としてしたたる地点を確認できるわけではない。大氷河の成り立ちは、雪であり、霧《きり》であり、雲であり、水蒸気であるわけだから、どこを出発点とするかは見かたによってさまざまだろう。

宗教にのぞむもの

いずれにせよ私は、「貧しき者」を、素直に、この世で恵まれていない人びと、と受けとりたい。そして「悪人正機」の「悪人」は、つらい思いをして生きている人だと単純に、思いたい。イエスが惜しみなく愛をそそぐのは、病《やまい》に悩む人、貧しさに苦しむ人、しいたげられ世間から蔑視《べっし》されている無名の人たちである。阿弥陀仏がその慈悲によってあたたかく抱くのも、まず、そのような人びとであるのは当然だ。虚名と、高い収入を得ているベストセラーの作者などでは、決してない。

たとえ人に見えないところで、どのように血の涙を流し、心の奥で仏の名を呼んでいたとしても、私などは〈傍機《ぼうき》の傍機《ぼうき》のそのまた傍機《ぼうき》〉だろう。もし阿弥陀仏が、通りすがりにちらとでも横目で一瞥《いちべつ》を投げてくれたとしたら、それこそ天にものぼる心地ではないかと思う。

仮にもこの世で富と、名声と、権力の座につらなった者は、すべて私と同じように、本来は救われない存在である。私はそう思う。

そうでなければ不公平ではないか。この世でも楽に生き、あの世でも楽に生きるなどということは許されない。法然や親鸞などが生きた時代は、地獄という世界が本気で信じられていた時代だった。もちろん極楽を信ずる者もいたが、庶民には関係のない世界である。修行《しゅぎょう》や、寺の建立《こんりゅう》や、莫大《ばくだい》な寄付や、名僧による祈願《きがん》や、そういうことを日ごろつづけることのできる貴族、豪族、富豪だけが、極楽ゆきのパスポートを交付されると信じられていた。

そういう善行《ぜんこう》を積むことができず、日々生きることに精いっぱいといった人びとにとっては、極楽への希望よりも地獄の不安のほうが、はるかに大きかったのは当然だろう。まして商人、工人、職人、芸人、遊女、漁師、猟人《かりうど》、その他、馬子《まご》、車夫、船頭、水夫《すいふ》、物乞《ものご》い、などといった無数の人びとは、世間から賤《いや》しい立場の者たちとして扱われ、みずからもそう意識していたわけだから、業《ごう》の深い自分たちは極楽なんぞに縁はないと、はなから決めこんでいたはずである。

そういう人びとこそ、まず最初に救わなければならない、と考えるのが宗教というものの力だろう。

もしも大権力者や大富豪が、おのれの罪を心から懺悔《ざんげ》し、ひたすら仏に帰依《きえ》してスムーズに往生を願うとしたら、それは心得ちがいというものだ。むずかしい理屈はともあれ、私は信心ぶかい大金持ちというものが、どうしても理解できないのである。この世で金と、権力と、名声を得た者が、死後の平安まで願うとは欲が深すぎるというものだ。まだしもどこかの国の男のように、

「天国にて下僕《げぼく》となるより、地獄にて首魁《しゆかい》として君臨《くんりん》せん」

と、不敵に言い切るほうがむしろ好感がもてる。

この世で幸せに恵まれた者は、あの世で苦しみ、この世で幸せ薄かった者こそあの世で幸せに、という思いが、じつは宗教というものの核心にひそむ原始の力ではあるまいか。

しかし、それではあまりにも身《み》もフタもない気がしないでもない。第一、それ

では美しくない。では、では、こう言いかえてみたらどうか。この世で幸せ薄く、愛することと愛されることに飢《う》え、あまりにも多くの汗と涙と血を流した者、そのような人びとにさすあたたかい光、それが宗教の本質であってほしいのだ。

しかし、あらためて「悪人」という法然、親鸞の言葉を考えてみると、これはなかなか私が勝手に割り切ったように簡単ではないのである。

金の世の中を馬鹿にしてはいけない

ともあれ、人間にとって、金銭とは人生の目標ではあっても、目的ではない。

しかし、手段としてあっさり割り切ってしまったところで、それを軽く見るわけにもいかない。いまもむかしも、金銭に関する人びとの思いは、そう変わってはいないようだ。

『徒然草《つれづれぐさ》』のなかに、ちょっと耳の痛い話が出ている。第二百十七段の《或《ある》大福長者の云《い》は（わ）く》というくだりだ。

〈貧しくては、生きるかひ（い）なし。富めるのみを人とす〉

などと、ずいぶんひどいことを言う男である。当時の大金持ちの言《げん》として紹介されている話だが、一面、妙にリアリティーが感じられる言葉もあって忘れがたい。

まず、金持ちになろう、富を築こうと思う者は、

〈人間常住《じょうじゅう》の思《おも》ひ（い）に住して、仮《かり》にも無常を観ずる事なかれ。これ、第一の用心なり〉

という。要するに世の中は未来永久につづく、このまま変わったりはしない、と覚悟せよというのである。この国に革命なんぞ起きはしない。自民党の政権は永久につづく。

人間の営《いとな》みは有意義で、世界は進歩し、人間は向上する、と考えよ、というのだ。

そして、仮にも「この世は無常」「人の命ははかない」などと考えてはならん、これがまず第一の心がまえだ、というわけである。

この大金持ちの男のセリフ、なかなか説得力があるではないか。たしかに金を貯めようと思うのなら、金の世の中を馬鹿にしてはならない。現実を受け入れ、現実に生きる覚悟を定める必要がある。くやしいけれど、そう思わない限り金は集まってこないだろう。

「モノだの、金だの、しょせん人間にとって重要なもんじゃないさ」

などと言っているようでは、貧者から抜けだすことはできぬ。そして、「貧しくては生きるかひなし」と言うのだ。

その後につづく言葉は、私にとってはさらにきつい。この野郎、と思わせられる文句である。

〈次に、銭《ぜに》を奴《やつこ》の如くして使ひ（い）用ゐ《もち》（い）る物と知らば、永く貧苦を免《まぬか》るべからず〉

〈ヤッコ〉とは、下僕のこと。使用人をこき使うように乱暴に、また軽々しく金を使ってはならぬ、ということだろう。そういう不心得者は、

「永く貧苦をまぬがれることができない」

と断言してはばからない。なんとも腹の立つ金持ちおやじの言である。

作者の吉田兼好《けんこう》は、この発言について、からかい気味の批評を加えているが、むしろそちらの言葉のほうがイヤ味にきこえる。

金は名誉や権力と同じく、それを好む者のところへ集まってくる、というのが真実だろう。なんとも味気ない限りであるが仕方がない。

信仰について

自己に自信をもつということ

自信をもつ、というのは大事なことである。日常生活の上でもそうだ。スポーツや、ビジネスの世界においてもそうだろう。

自信のある人は、人と接していても堂々としている。落ち着きがあるし、余裕《よゆう》もある。したがって自然に相手にやさしくできるし、少々のことで腹を立てることもない。対する人よりも自信がある分だけ大人としてふるまうこともできそうだ。

これに反して、自信がない、ということは、何かにつけてマイナスであるような気がする。理由もなく卑屈《ひくつ》になったり、そわそわと落ち着きを失ったりもする。すぐにかっとして相手に突っかかったりすることも多い。

こわがっている犬ほどキャンキャンと吠《ほ》えたりするようなものだ。自信がない人は、はたから見てもすぐにわかってしまう。やはり自信のあるほうが生きていく上では有利、というのがふつう一般の考えかただろう。

中学生のころ、特別授業でアメリカ人の先生に英語を教わったことがあった。わずか三日間の授業だったから、ほとんど学力増進にはならなかった。しかし、ひとつだけ、今もはっきり憶《おぼ》えている話がある。それは初対面の人とあいさつをして、握手をかわすときの態度のことである。

いくら英語のあいさつの文句を丸暗記しても、それを恥ずかしそうに小声でつぶやくようじゃ駄目だ、と教えられたのだ。まず背筋をのばす。胸を張って、顎《あご》を引く。相手をまっすぐ見て、体に共鳴する声で、はっきりとあいさつする。頭はさげずに、握手は心をこめて強く相手の手を握る。微笑をうかべて堂々と。

そのアメリカ人教師の言わんとするところは、よく理解できた。要するに人間として自信をもって、対等に、ということだろう。

体をよじりながら相手の足もとを見て、きこえないような声でもごもご言うだけでは話にならない。そんなふうでは国際社会で、一人前の人間として扱われないだろうことは、誰にでもわかるはずだ。

だが、しかし、自信にもいろいろあるのではないか。正直にいえば、堂々としすぎている人が、私は苦手《にがて》である。なにもプロレスの試合をしているわけではない。初対面の相手に自分を堂々と大きく見せる必要など、本当はないのではないか。

自信は人を説得する力をもつ。私たちは断定的なつよい口調に魅《み》せられる気持ちがある。しかし、一方で、ひそやかな小さな声に耳をすませる本能もまた人間にはあるのだ。

人間としての自己に自信をもつ、というのがルネサンスの風潮だった。人は虫けらでもなければ雑草でもない。人間、このすばらしきもの、という自信こそが、ルネサンスから現代までの時代を支えてきたと言ってもまちがいではないだろう。

しかし、人間というものは、それほど偉大で、見事な存在なのか。人間であることを恥じるという、そういう感覚は恥ずべきマイナス思考にすぎないのだろうか。

私はそうは思わない。人間一般のことは考えないでおこう。自分自身をかえりみて、なんという情けない存在だろうとつくづく感じる。

自己を守ることばかりを考え、他人を本当に愛する心をもたない。欲望をコントロールできず、物に執着《しゅうじゃく》する気持ちばかりが強い。貧しさや、病気や、死を恐れて生きている。新聞やテレビで報道される外国での悲惨《ひさん》な出来事、内戦や、飢《き》餓《が》や、貧困にも束《つか》の間心を痛めるだけだ。意志が弱く、決めたこともすぐに投げだしてしまう。

もちろん私は、心の底からすばらしいと思う人間たちも、少なからず知っている。人生が美しい瞬間をもつことも信じている。『万葉集《まんようしゅう》』も、ドストエフスキーも、バッハも、たしかに私たちの世界の一部だ。

しかし、『死の国の音楽隊』（シモン・ラックス／ルネ・クーディー共著）のなかで描《えが》かれているアウシュヴィッツの収容所で週末に催されるコンサートも、また同じように私たちの世界の一部であることを否定できない。そこでは収容所において日夜、人間の大量消去に励むナチの士官やその家族たちが、心から深く感動して偉大な音楽にききいる情景が語られている。作家でバッハの研究家でもあったジョルジュ・デュアメルは、それを読んで、こう書く。

〈私はクラシック音楽は、人間の魂の最後の隠れ場所だと思っていた。だが、いまや私たちは、その最後の場所まで失ってしまったのだ〉

日本人の罪の意識は深く長い

私たち二十世紀の人間が、この百年のあいだに、どれだけ同じ種《しゅ》の生物である人間を殺してきたのか、そのような悲劇をなくすために、私たちはさらに殺す。おそらく地上のあらゆる動物・植物のなかで、人間はもっとも多く同類を殺す生物だろう。

そして、それを悪と呼ぶのなら、その悪は私たちすべての人間のひとりひとりに宿《やど》っているはずだ。善人と悪人、天使と悪魔、というように、はっきりと二つに分けないのが他力《たりき》思想の土台である。私たちはすべてそのような悪を抱《いだ》いた存在である。親鸞《しんらん》はそれを〈罪業深重《ざいごうじんじゅう》のわれら〉と呼んだ。

この、人間は罪を背負い、悪を抱いた存在であるという感覚は、十二世紀以降、広く日本の下層民衆のあいだに根づいた。それは対社会的な世俗のモラルである〈恥《はじ》〉とは、対立的な思想である。

〈恥〉はもっぱら武士階級が洗練させてきた武士道の文化だった。それに対して、賤視《せんし》された下層民をもふくむ大衆のあいだに地下水のように浸透していったのが、念仏《ねんぶつ》と〈罪《つみ》〉の思想である。

親鸞の思想でさらに驚かされるのは、その〈罪〉の意識を人間一般のものとしてでなく、徹底して私が仏と向きあう、一対一の関係として自覚することを基本としたことだ。阿弥陀仏《あみだぶつ》に仮託《かたく》された宇宙自然の絶対真理と、ひとりひとりの個人が、ただひとりの私が、正面から向きあうことによって救済《きゅうさい》されるという論理は、いわゆる神との契約《けいやく》と似てはいるが、大きくちがう点がある。

契約は双方が結びあう約束であるが、他力信仰では仏に引き寄せられ、その手に抱きとめられる私、という考えかたになる。〈帰依《きえ》〉する、というのがそのことだ。そこですべてを仏にゆだねることができるか、できないかは大問題だろう。

そのとき必要なのは徹底した無力感ではないだろうか。自分に幻滅し、人間に愛想《あいそ》をつかし、いま自分がいるのは地獄以外のなにものでもないと感じる、そういう無力感。そこに生まれてくる逆転の思想を絶対他力と呼ぶらしい。

そこでは人間の自信など、こっぱみじんに消え去ってしまうだろう。不屈《ふくつ》の意志をもって難病にうち勝ったといったところで、いずれは別の病《やまい》をうけて世を去らねばならない。永遠の勝利など、どこにもないのだ。人は一瞬、勝利したかに見えるだけなのである。

自信を失い、とことん無力感におしひしがれた人間が、もし他力の光を感じることができたならば、ひょっとして自信とは別の、人間らしい姿勢が生まれてくるのではないかと空想する。他力を信じる、〈他信〉とでもいうような心の状態がありうるのではないか。

自信からくる落ち着きではなく、他信のもたらす穏やかな余裕のことをふと想像してみるのだが、さて、自分のこととしてはとうてい考えることができない。まだ、ちっぽけな自信に目をくらまされているからだろう。

それにしても、堂々とよりも、飄々《ひょうひょう》とした姿勢で暮らしていけたらなあ、と、心ひそかに思う。

性のタブーを超《こ》えて

ところで、この他力思想を仏教という大きな流れのなかでどう位置づけるかを考えるとなると、事はそう簡単ではなくなってくる。

私の勝手な思いこみでは、インドに発した仏教の流れは、その伝播《でんぱ》した各国において、その風土と歴史と重なりあい、それぞれに独自の変化成熟をみせる。中国の仏教とインドの仏教はちがうし、タイと韓国《かんこく》でも異《こと》なる。スリランカとチベット、欧米と日本、いずれも大きなちがいがある。

わが国では、ことに特別な変化を遂《と》げた。ひとつ例をあげると、僧侶《そうりょ》の妻帯《さいたい》ということがあるだろう。女犯《にょぼん》というのは、基本的に戒律《かいりつ》で禁じられていることであり、タイでも、ミャンマーでも、その他の諸国の仏教界でも、当然のように僧は妻をもたない。日本でも仏教伝来以来、ながく公認の妻をもたない宗派《しゅうは》が多かった。

しかし、現実には酒を般若湯《はんにゃとう》と称するように、内妻をもつ僧は少なくなかった。梵妻《ぼんさい》といい、ダイコクさん、と呼ばれたのがそうである。『好色五人女《こうしょくごにんおんな》』のなかには、「この寺の大黒になりたくば、和尚《おしょう》の帰らるるまで待て」とかいうセリフがあるらしいから、江戸時代ではごくあたりまえのことだったのだろう。

僧が女性と交わることを否定しない仏教が、はたして仏教であるのかどうかと、東南アジアの仏教諸国から来た留学生たちは大いに悩むそうだが、それも納得《なっとく》できることだ。明治以後は、わが国ではこれが公然と認められるようになっている。

しかし、この僧の妻帯をはじめて公然と行ったのは親鸞である。師の法然《ほうねん》は必ずしも女犯を否定しなかった。このことにおいて法然もまた革命的だが、彼自身は生涯を女と接することなく清僧として通したという。

しかし、親鸞は女犯という思想を、信念をもってのりこえた世界ではじめての仏教者であると言っていい。したがって親鸞にはじまる浄土真宗《じょうどしんしゅう》では、世間に隠すことなく妻帯し、子をつくることとなる。

この点において、真宗という宗派《しゅうは》は中世以降、わが国の仏教界において一種、異端《いたん》視されるところがあったのも当然だろう。インド以来のタブーを、公然と破ったからである。

仏の教えは誰のためにあるのか

法然、親鸞、蓮如《れんによ》といった仏教者たちは、積極的に賤視された人びとのなかにはいってゆく。

「河原《かわら》の石、つぶてのごとき」人びとこそ、一向衆《いっこうしゅう》と世間に眉《まゆ》をひそめさせた念《ねん》仏《ぶつ》者たちであり、それが門徒《もんと》の大多数であった。明治のころもなお、真宗の寺のことを、陰でひそかに〈エタ寺〉と呼んでさげすむ向きがあったことも事実である。

この、セックスをタブーとする、という一点を突破することで、親鸞はこれまでの出家《しゅつけ》仏教、修行《しゅぎょう》の仏教から、在家《ざいけ》の俗人たちの仏教、民衆のための仏教を身をもってひらくのだ。仏の教えはいったい誰のためにあるのか。朝廷か。国家か。

貴族か。豪族たちのためか。そうではないだろう。「河原の石、つぶてのごとき」民草《たみくさ》たちに、生きる力と希望をあたえるための仏教ではないか。

俗世間に生きる大多数の人びとは、妻をもち、子をつくり、家族とともに生きる。商売をし、魚やけものをとり、殺生《せっしょう》からはなれては生きられない。性を断った人間しか成仏《じょうぶつ》できないのなら、世間のほとんどの人間は救われないことになる。

法然は遊女に、どうしてもその暮らしをのがれられないのなら、そのままでもよいから念仏しなさい、と教えた。生活のために殺生をなりわいとせざるをえない者は、それをつづけながらでも念仏せよ、と蓮如は言う。その思想が、いまでも念仏の根づいた地方では、たしかに生きつづけていることを私は知っている。

暮らしを支えるための殺生と、遊びの殺生とをきびしく分ける人びとは平成の現在も少なくない。そのことについて他人に口出しはしなくても、ハンティングや、釣りなどを自分ではしない人びとが大勢いる。蚊取りの煙のことを、「蚊やり」と呼んでいた時代の感覚のなごりだろう。

親鸞や真宗について、性のタブーをはじめて超《こ》えた点を、強調する論をあまりきかないのは、たぶん問題がなまなましすぎるからだろうし、表向《おもてむ》きは妻帯を禁じていた他宗派への遠慮もあるのかもしれない。しかし、〈非僧非俗《ひそうひぞく》〉と親鸞が自称したのは、政治体制への逆説的なプロテストだけではないはずだ。〈非僧非俗〉とは、ブッダ以来の仏教のオーソドックスな戒律を捨てるということの宣言である。それと同時に〈俗世間〉の体制や良識からもドロップアウトするという、過激な意志の表明でもある。

すべての人間にできること

選ばれた天才は、性と無縁に生きることができる。法然も、明恵《みょうえ》もそうだった。

しかし、問題はふつう一般の大多数の人間たちだ。大乗《だいじょう》仏教の本意もそこにあったはずである。彼ら鎌倉期の念仏者たちにとっては、目の前にいる人びと、苦しみつつも必死で安心立命《あんじんりゅうめい》を求めている雑草のような人びとこそが問題であったにちがいない。

そんな人びとに自力《じりき》の修行は不可能である。全員に、仕事を捨てて聖《ひじり》になれ、とも言えない。生活者として、家族の一員として、世間の最底辺に生きる者として、そのままで生きる力を得《う》る道はないのか。

すべての人間にできるのは、おのれの生きかたを見つめ、その愚《おろ》かしさや欲望の深さを認め、おのれの悪を自覚することぐらいである。その絶望から他力という突破口《とっぱこう》が見えてくる。法然は「念仏のみ」と教え、親鸞は「ただ信仰によって」と語った。その念仏も、信仰も、共に他力の誘いなのだと蓮如は言う。「ただ信仰によって」と、マルチン・ルターが説《と》き、宗教改革の衝撃がヨーロッパをゆるがすのは、それから数百年後の十六世紀のことであった。

　一九九九年八月二十四日の朝日新聞夕刊九面の池田《いけだ》洋一郎《よういちろう》氏の記事によれば、〈義認《ぎにん》〉をめぐってながく対立していたカトリックとルーテル教会（バチカンとプロテスタント）が、十六世紀以来はじめて共同宣言を出すことになったらしい。この〈義認〉とは、簡単にいえば、神がイエス・キリストを通して、人間の罪をゆるし救うはたらきを意味するという。

　これまでカトリックは「神に帰依すると同時に人は地上での善行《ぜんこう》によって救われる」と、教会や善行の重要性を強調してきた。

　これに対してマルチン・ルターが主張したのは、「神の救いは、人の善行や修行、禁欲、慈善などの生前の行いによるものではなくて、ただ一途《いちず》に神を信ずるときに神が恵むもの」という信《しん》の立場を第一とすることだった。

　この両者が、神の救いに関してどのような合意に達したかは、じつに興味ぶかいところだ。なにしろ教義上の最大の焦点なのである。これはつきつめて言えば、キリスト教における〈自力〉と〈他力〉の問題になるのだから。

不合理ゆえに吾《わ》れ信ず

ここでもう一度、前述の朝日新聞の池田氏の解説記事を見てみよう。

信仰の深さとともに、各人の善行や修行、また禁欲などのみずからの努力が不可欠とするのがこれまでのカトリックの教えだった。

これに対して十六世紀のルターにはじまる改革派（プロテスタント）は、「ただ信仰によって」人は神に救われるのだとする。まず〈信〉が問われるのだ。これは法然門下にあったころの親鸞の〈信《しん》・行問答《ぎょう》〉のエピソードをすぐに連想させるだろう。

信と行と、どちらが大事かという議論は、師の法然が少数派であった親鸞の「為信本願《いしんほんがん》」の立場を無言で支持したことで決着がつく。

念仏も大事だが、まずひと筋に仏に帰命《きみよう》することが先なのだと親鸞は考えるのである。

そして、その一途な信こそ、仏の側からさしてきた光にハッとして顔をあげ、感動する人間の自然な姿であるとするのだ。念仏はその驚きと感動からこぼれ出る「ああ！」という嘆息であり、よろこびの声ではないか。

自分が探し求め、努力して仏を見出《みいだ》したのではない。仏の側から自分を探しておとずれてきて、ほら、ここにいるんだよ、こっちを向けよと、呼びかけてくれた声に気づくのだ。それを〈他力〉と親鸞は呼んだ。

真如《しんによ》とは真実の光のことだ。その光の彼方《かなた》から来る仏であるから〈如来《によらい》〉という。向《む》こうからやってくるから〈如来〉である。光の彼方へ歩《あゆ》み入ってゆく仏のほうは〈如去《によこ》〉である。その光輪にかざられたうしろ姿を慕《した》い、そのあとにしたがおうと努力する信仰が〈自力〉の行なのかもしれない。
「おれにはそんな自信はない」と、親鸞は思う。迷い多く、心弱く、欲望断ちがたく、愚かにして罪深きこの身なれば、と、彼は〈他力〉の側に身をおくのだ。
記事によれば、〈プロテスタントの牧師でもある徳善義和・ルーテル学院大学教授は「プロテスタントは、罪深い存在である人間は、自らの力では自分を救うことはできず、キリストによってのみ救われるとし、いわば他力を強調する。カトリックは、キリストの助けを得ながら自分の努力でも救われうるとして、他力プラス自力の立場をとる」と説明する〉
もちろん、この短い新聞のコメントでは十分に意をつくさぬ点も少なくあるまい。しかし、このプロテスタントとカトリックの両者が、いま〈救い〉の思想をめぐって対話しようとしている点をこそ注目すべきだろう。この対話の気運が具体化してきたのは、二十世紀に入ってからであるという。

〈信者六千万人を擁してプロテスタント諸教会の中でも最大のルーテル教会とバチカンの間で、一九六七年に国際合同委員会が設けられ、神学的対話が続けられてきた。六月にルーテル世界連盟とバチカンのキリスト教一致推進評議会が共同会見し、「義認」の教義について十月に共同宣言に調印することを発表した。

共同宣言は《義認はただ神の恵みによるものであり、善行によって得られるものではなく、人は信仰によってのみそれを受け、善行のうちにその実が表れるということに、両教会が合意する》と述べる〉

この宣言の内容を知って、驚かない親鸞思想の共鳴者がいるだろうか。このルーテル教会とバチカンの共同宣言は、文字どおりわが国の他力仏教思想の核心にそのまま迫るものだからだ。右の宣言をもし、

〈救い（往生《おうじよう》）はただ仏（阿弥陀仏《あみだぶつ》）の慈悲（本願《ほんがん》）によるものであり、善行

（雑行《ぞうぎょう》）によって得られるものではなく、人は信仰（帰依《きえ》）によってのみそれを受け、感謝（念仏）による行いのうちにその実が表れる〉と訳すれば、それはまさしく〈本願他力〉の核心をつく表現となるだろう。

この共同宣言のあらわす信仰は、いわば絶対他力の立場と大きく重なりあう。それは無条件の神への帰依なのだ。キリスト教の偉大さの本質は、そこにこそあると私は思う。

キリスト教の神は、人智《じんち》を超えた存在だ。その神意は、薄っぺらな人間の知性では計りしれない。とうてい了解不可能な超越的な存在であるからこそ、理屈による服従でなく、絶対の信仰が不可欠なのだ。

不可解だからこそ信ずるのであって、証明と保証によって信頼するのでは科学やビジネスと同じ次元になってしまう。

「他力の信は、義なきを義とす」

という親鸞の言葉は、「不合理ゆえに吾《わ》れ信ず」という言葉に重なる。理解によって信ずるのは、俗世《ぞくせ》の約束ごとである。神はどのような残酷なこともするし、納得のいかないこともする。しかし、それは人の世の判断や思考において残酷と見え、常識で納得がいかないだけなのだ。だからこそ、無条件で信ずることが求められるのではないか。

〈よきひと〉との出会いなくして〈信〉への道はない

考えてみると、宗教というものは、じつに奇妙で、ある意味では残酷なものだ。「神よ、どうして私を見捨てたまうのですか」というつぶやきを、人間はこれまで何万回くり返してきたことだろう。絶対唯一神《ゆいいつしん》の意志は、人間には計りがたく、現世《げんせ》の理屈では了解不可能である。そして、そのゆえにこそ〈信ずる〉という行為が成り立つのである。〈信ずる〉ことの価値も意味も、そこにしかない。

「なぜ念仏往生《おうじょう》を信じるのか」と、その理由をたずねられて、親鸞は答える。「よきひとのおおせのままに」と。ほかにこれという理由もないのだ。念仏して阿弥陀仏の助けをいただきなさい、と法然上人《しょうにん》に言われて、自分はそれを信じたにすぎない。

この答えにつづく言葉が、私にはなぜか不要なものに感じられるときがある。唯円《ゆいえん》の筆によれば、親鸞はこう語ったとされている。

「もし師の法然上人の言葉がつくり話で、自分がそれにたぶらかされ、念仏して地獄へ堕《お》ちたとしても、それがいったいどうしたと言うのですか。そもそも自力《じりき》では救われがたいこの自分は、すでに地獄にあるも同然です。地獄にゆくしかないこの身なのですから、念仏を信じて地獄へ堕《お》ちたとしても、いささかの後悔もありません」

〈たとひ（い）法然上人にすかされまゐ（い）らせて、念仏して地獄におちたりとも、さらに後悔すべからずさふらふ（そうろう）〉というこの言葉は、あまりにも有名だが、唯円の筆は少し滑りすぎるように思われぬでもない。

前段の、〈ただ念仏して、弥陀にたすけまゐらすべしと、よきひとの仰《おお》せをかふ（こう）むりて、信ずるほかに別の子細なきなり〉で、すでに十分に〈信〉の条理はつくされている。さらにくわしく理を説くまでもないのである。

ここで〈よきひと〉とは、師でもあり、先輩でもあり、また友でもある存在ということだ。その〈よきひと〉は、すべての人の出会う可能性のある〈よきひと〉である。

その人物が必ずしも信仰ふかく、学識ゆたかな人格者である必要もない。ひょっとすると、とんでもない悪人かもしれない。各人、各様の〈よきひと〉との出会いなくして〈信〉への道はないと私は思う。

そのような〈よきひと〉と出会うか出会わないかは、各人の心がけや信仰への情熱とは関係がない。縁《えん》なくして生涯《しょうがい》そのような人と出会うことがないままに終わる場合もあるだろう。それこそが他力のはたらきなのである。求めて得られるとは限らないものなのだ。

遠くに見える灯火に励まされて

神の恩寵《おんちょう》も、仏の慈悲も、個人の善行や修行とは関係ない、と、はっきり自覚するところから信仰がはじまる。本当の信仰を得て、敬虔《けいけん》な生活に入ると、人生の苦しみがなくなるのだろうか。信心を得た人は、常に心やすらかでいられるのだろうか。

ノーである。どれほど深い信仰を得ようと、人生の苦悩はつきない。生きている限り生老病死《しょうろうびょうし》の影は私たちにさしつづける。では、何が変わるのか。たぶん、苦しみつつも、それに耐えていくことができる、ということだろうか。断定的な言いかたをしないのは、真実の信仰を得たとしても、人は生きる力を失うこともあると思うからだ。それは「わがはからいにあらず」と受けとめるしかない。

しかし、月並みなたとえだが、こんな情景を考えてみよう。いま私が闇夜《やみよ》の山道を、重い荷物を背負って歩いているとする。行く手は夜にとけこんで、ほとんど一寸《いっすん》先も見えない。手さぐりで歩きつづけるしかない有様だ。

しかも、足もとにはきり立った崖《がけ》が谷底へ落ちこんでいるらしい。下のほうでかすかに響《ひび》く水音は、谷のとほうもない深さを想像させる。

目的地も見えない。うしろへ退くすべもない。といって、そのまま坐《すわ》りこんでしまっても、誰も助けにはきてくれないだろう。進退きわまっても、行くしかないのだ。手で岩肌をつたいながら、半歩、また一歩とおびえつつ歩く。

私たちの生きている様子とは、およそかくのごときものだ。はっきり周囲が見えていると思いこんでいる人でも、じつは何時間かあとには生を失うこともある。交通事故もある。突然の病死もある。犯罪や戦争や天災も予測しがたい。

私たちのなかで、だれひとりとして確実な明日《あす》が保証されている人間はいないのだ。そのことを暗夜の山中行《さんちゅうこう》にたとえてみるのである。不安と、恐怖と、脱力感で、体がふるえるのを感ずる。

しかし、そんななかで、ふと彼方の遠くに、小さな集落の明かりが見えたとしたならどうか。

いくべき場所、帰るべき家の灯火が見える。そしていつか雲間から冴えわたる月光がさしてきて、足もとの断崖《だんがい》の道も、山肌《やまはだ》も、森も、くっきりと浮かびあがる。坂を歩く労苦には変わりはない。行く先までの距離がちぢまったわけでもない。荷物が軽くなるわけでもない。

　しかし、人は彼方の灯火に勇気づけられ、月光に思わず感謝のため息をつくだろう。そしてふたたび歩きだす。それを他力というのではないか。私はそう考えたい。

あとがきにかえて

人生に決められた目的はない、と私は思う。しかし、目的のない人生はさびしい。さびしいだけでなく、むなしい。むなしい人生は、なにか大きな困難にぶつかったときに、つづかない。

人生の目的は、「自分の人生の目的」をさがすことである。自分ひとりの目的、世界中の誰ともちがう自分だけの「生きる意味」を見出《みいだ》すことである。変な言いかただが、「自分の人生の目的を見つけるのが、人生の目的である」と言ってもいい。私はそう思う。

そのためには、生きなければならない。生きつづけていてこそ、目的も明らかになるのである。「われありゆえにわれ求む」というのが私の立場だ。

　そして、その目的は、私たちが生きているあいだには、なかなか見つからないものかもしれない。確実に見つかるのは目的ではなく「目標」である。だが目標は達成すれば終わる。そのあとには、自分は達成した、という満足感が残るだけだ。そして、その満足感も、時間とともに薄れてゆく。そしてやがては単なる記憶に変色してしまう。

　しかし、目的は色あせることがない。失われることもない。そこがちがう。人生の目的とは、おそらく最後まで見出すことのできないものなのだろう。それがいやだと思うなら、もうひとつ、「自分でつくる」という道もある。自分だけの人生の目的をつくりだす。それは、ひとつの物語をつくることだ。自分で物語をつくり、それを信じて生きる。

　しかし、これはなかなかむずかしいことである。そこで自分でつくった物語ではなく、共感できる人びとがつくった物語を「信じる」という道もある。〈悟《さと》り〉という物語。〈来世《らいせ》〉という物語。〈浄土《じょうど》〉という物語。〈再生《さいせい》〉という物語。〈輪廻《りんね》〉という物語。それぞれ偉大な物語だ。人が全身で信じた物語は、真実となる。その人がつかんだ真実は、誰も動かすことはできない。うばうこともできない。失われることもない。

しかし、自分以外の人がつくった物語を本当に信じられるためには、そのつくった人を尊敬できなければならない。共感し、愛さなくては、信じられない。だから信仰や宗教は、教義からはじまるのではなく、その偉大な物語をつくり、それを信じて生きた人への共感と尊敬と愛からはじまる。

そのことをむかしは「帰依《きえ》する」と言った。ナムアミダブツの「ナーム」「ナモー」は、「帰依《きえ》します」という言葉である。それは「信じます」であり、「尊敬します」であり、「愛します」でもある。

信仰や宗教は、そこからはじまる。そういう存在が見つかった人は、幸せな人だ。信仰とは求めるものでもあるが、求めて必ず見つかるというものでもない。それは出会うものであり、むこうからやってくるものでもあるのだ。

それは〈偶然《ぐうぜん》〉かもしれない。運命と宿命の流れのなかに突然に生ずる偉大な〈偶然〉のはたらきとは、そういうものである。その偶然に出会った人は、そのことを心から感謝すべきだろう。だから蓮如《れんにょ》というむかしの宗教家は、ナムアミダブツを「感謝の言葉」として考えたのである。

人はみな、必ずそのような「偶然」に出会う、と考えた宗教家もいた。蓮如に先立つ法然《ほうねん》や、親鸞《しんらん》がそうだ。「偶然」がむこうからやってきて、人をとらえる。すべての人を引き寄せようとする。その大きな見えない力を彼らは「他力《たりき》」と呼んだ。

「他力」が物理的な引力《いんりょく》以上の、たしかな力になるのかどうかは、それを一途《いちず》に信じるかどうかにかかっている。愚者《ぐしゃ》のように素直に信ぜよ、と親鸞は言った。トルストイというロシアの作家も同じような立場だった。

信仰や宗教を人生の目的とするのは、ひとつの選択肢《せんたくし》である。誰か心から共感でき、尊敬でき、愛することのできる人に出会って、その人に自然についてゆく、というのが信仰であり、宗教だ。それは良き人との偶然の出会いからはじまる。「帰依する」ということを、頭をさげることというより、「慕《した》わしく思う」「慕うこと」だと私は思っている。

私がひそかに思っていることだが、本からはいった信仰はつづかない。人からはいった信仰だけが変わらぬ人生の目的となる。

人生の途上《とじょう》で偶然に出会った人が、なんとなく好ましく共感できるところがあったとする。その人の生きかたやたたずまいを見て、うらやましく思う。あんなふうに生きられたらいいな、と、なんとなく思う。そして、その人にいろんなことをたずねて、語りあっているうちに、ふと、「自分はこういうことを信じて暮らしている」と控え目に教えてくれた。それに自然と心を惹《ひ》かれて、自分も同じような生きかたをしたいと思い、もっといろいろ知りたいという気持ちが生じてくる。信仰への幸運な出会いとは、こういうものだろう。信仰も宗教も、結局は人から人へ、肉声と体温をもってしか伝わらないものなのだ。

そういう人と出会うか、出会わないか。それは自分で決めることではない。求める気持ちを持ちつづけていれば、必ずそれがかなうとも思えない。それこそが運命であり、宿命というものだろう。

いずれにせよ、出会うためには、生きていなければならない。私がくり返し同じことを言いつづけるのは、そのことの大事さだけはわかっているつもりだからだ。

この本を編むにあたって、多くのかたがたのお力ぞえを得たことを、あらためてうれしく思っている。NHKのラジオ制作のスタッフにも大変お世話になったし、『日刊ゲンダイ』編集部にもお礼を申し上げたい。また幻冬舎の石原、山口氏をはじめ、米原、見城氏らにも、なみなみならぬご苦労をおかけした。校正や進行、製作関係の皆さんに感謝するとともに、前作に引きつづきA・Dを担当してくださった三村淳氏、装画の五木玲子氏にも心からお礼を申し上げたいと思う。

横浜にて　　五木寛之

解説——生きつづけ、生き抜く

梁石日《ヤン・ソギル》

『大河の一滴』『他力』、そして『人生の目的』の三部作は、五木寛之の長い作家生活における後半の思索の中でつちかわれてきた一つの到達点である。一つの到達点とは、それまで見えなかったもの、見過ごしてきたものが見えるようになってきたということだが、それは見ようとして見えるようになったのではなく、もっと深い心の闇《やみ》を透かしてしか見えない世界を等身大に受容しようとする精神の顕現である。見ようとして見えるものは見えないのと同じであり、ただ受容することにおいてのみ自らを赤裸々《せきらら》に晒《さら》すことができるというもっともアクティブな行為なのだ。

たとえば、キェルケゴールは論理的で体系的で完全無欠な哲学をめざしたヘーゲルに対して、完全無欠と思われる論理的で体系的な間隙《かんげき》からこぼれ落ちてくる実存こそ人間の本性を啓示していると喝破したように、論理的で体系的な思想や哲学は細部を全体の一部として構築していく巨大な建造物を思わせるが、一部が全体であるような人生の流れについて語られることはあまりなかった。もとより論理的で体系的な思想や哲学に人生論を求めているわけではない。それらは人生に影響を与えることはあっても、人生論そのものではないのである。私が言いたいのは、戦前、戦中、戦後を振り返り、そのときどきの時代の変遷の中でくりひろげられてきたさまざまな事件や気分、そして何よりも戦後の資本主義対社会主義というイデオロギーの対立の中で、人びとは人生を生きてきたという事実を見逃してはならないということである。市井《しせい》の人びとにとって人生とは生きることにほかならなかった。戦争や革命や民族紛争で追われた人びとは生きるために祖国を捨て、国境を越えていく。どのような状況にあろうと、生きるという前提なくしていかなる思想も哲学も意味を持たないのだ。そのことが五木寛之の思想の根底に流れている。だから五木寛之の語り口（言葉）は一見平易でやさしく思えるが、じつはきわめてラジカルなのである。

「私たちは運命を共有する家族の一人として自分をつよく意識することで、失われかけている他人との一体感をとりもどすことができはしないか。そしてまた個々の人間が背負わされたもうひとつの運命を思うことで、自分自身への共感と友情を回復できないものだろうか」

「私たちの自由意志や、努力や、希望など、何ほどのこともないのだ。人は思うままにならぬ世の中に生まれ、『思うままにならない』人生を黙って耐えて生きるのである。

この『生きる』『生きつづけている』というところに、私は人間の最大の意味を感じるのだ」

だが、一回性の人生を「生きる」「生きつづける」のは至難の業である。一回性の人生を生き抜くために、人は絶望の果てへ旅立たねばならないときがある。それでも「私たちは共通の運命の重さによってこそ、はじめて〈愛〉を自分の内《うち》に感ずることができるともいえるのである」。

それぞれの人間が、それぞれの場所で、互いを求め合い、彷徨《ほうこう》しながら〈愛〉という大きな場所に向かって歩んでいく。もとより愛は必ずしも救済をもたらさないし、それどころか破滅を招くこともありうる情念の世界だが、それでも人は一人では生きていけない。弱者や落伍者《らくごしゃ》を容赦なく切り捨てるこの社会にあって、自らの生きざまを生きるしかないのだ。そのことを前提として大きな〈愛〉の場所を探し求めていた五木寛之が、法然《ほうねん》、親鸞《しんらん》、蓮如《れんにょ》と出会ったのは偶然ではない。

「〈運命〉と〈宿命〉の交錯する流れは、おのずと複雑で常に変化してやむことがない。その〈業縁《ごうえん》〉の揺れ動くはたらきのなかで、一瞬の偶然や、変異《へんい》や、事故が起こる可能性がある。そのとき何かが起こると私は信じたい。生きつづけていれば、その瞬間にも出会うことができるかもしれないではないか。また、できないかもしれない。しかし、生きることを放棄したのでは、その万に一つの機会さえ失うことになる」

偶然の必然と必然の偶然、運命と宿命が交錯する場所が、ほかならぬ法然、親鸞、蓮如の口伝による「他力」という哲理だったと思う。私はあえて、宗教的なるもの、というが、五木寛之は宗教や信仰を求めたわけではない。むしろ彼の生きざまは無宗教、無信仰だったのではないかと思うが、戦中、戦後の混乱期と闇を生き抜いてきた五木寛之の長い思索の中で、無辜《むこ》の民に自らを重ねることで、宗教的なるもの、畏《おそ》れ、不安、絶望、そして喜びと希望が交錯する人間の内面に発芽してくる畏敬《いけい》の念に強く引かれたのだろう。

大多数の人びとは明確な意識を持って日常を生きているわけではない。たとえ明確な意識を持って生きている人間でも、ときとして陥る不安、畏れ、絶望は、他の人間よりはるかに大きいのではないだろうか。人間はそのような存在であり、それ以上でも、それ以下でもないのだ。人類が六十億人とすれば、王侯貴族も、大思想家も、大富豪も、冒険家も、サラリーマンも、不可触賤民《ふかしょくせんみん》も、六十億分の一の存在である、という自明の理を『人生の目的』は明示している。

この本の中で、私がもっとも心ひかれる個所は、五木寛之が自分の両親について書いているところである（『人生の目的』文庫版P．２０９）。特に人生の階段を一段、一段昇り、少しでも上のポストに上昇していこうとして深夜まで勤勉に励み、苦学力行していた野心的な父が、就寝前に「寝るより楽はなかりけり」と言って、「あ〜あ」と大きなため息をついていたという場面である。そういえば、私の母もよくため息をついていた。一九一〇年に朝鮮は日本に併合されて植民地となり、その十年後の一九二〇年頃に日本へ渡ってきた母は、大阪で密造酒のドブロクとホルモンの商売をし、戦後も、日本語がほとんど喋れないのに日本各地に出掛けて果物や野菜や塩を買いつけて闇商売をして生計を立てていた。日本語がほとんど喋れない母が、どのようにして商取引していたのか、いまもってわからないが、それこそは生きる力のなせる業だったと思う。

　しかし、母はよくため息をついていた。このため息は「恨《ハン》」といわれている朝鮮人特有のものだが、この点についても五木寛之はじつに的確に語っている。五木寛之の父のため息と、私の母の「恨」といわれているところのため息は趣きが多少ちがうにしても、人生の間隙からもれてくるため息である。そしてこのため息は、つかの間の安息をもたらす効用があるのも五木寛之の指摘する通りだと思う。晩年の毛沢東《もうたくとう》は表敬訪問してくる外国の要人たちに、腰痛や神経痛を訴えたり、晩年のサルトルもボーボワールに体の不調を訴えて愚痴をこぼし、ボーボワールはうんざりさせられたというエピソードを聞くにつけ、たぶん毛沢東もサルトルも五木寛之の父や私の母と同じようにため息をついていたにちがいないと思うと、何かしらほっとする。人生はこのため息のようなものである、とは、けだし名言であると思う。

むろん、このことは否定の同時性である。人生に目的はあるのか？　人生に目的はない、と否定すると同時に、

「自分の人生の目的を見つけるのが、人生の目的である」

と肯定する。いわば人生の弁証法が働いているのだ。

それは五木寛之が自らの俗性を率直に語っているからでもある。私たちは俗性の生きものでなくてなんであろう。生まれたときから俗世界に生きている私たちにとって俗性とは「罪業深重《ざいごうじんじゅう》のわれら」であり、「業縁」であり、だからこそ

「善人なおもて往生す、いかにいわんや悪人をやというべし」と他力本願はその両義性を説いているのだ。

私のような宗教に無関心な者には「他力本願」の本然についてうんぬんできる資格はないが、それでもこの本で論じられている内容が強い説得力を持っているのは、人生の間口を最大限にひろげているからであろう。

それはまた金銭について記述しているところにもあらわれている。いわば俗性の最たるものといえる金、人間が作った金の前で人は無力である。金銭の地獄に堕《お》ちた経験のある私にとって金はまさに「この世の仇《かたき》」であった。事業をしていた私は資金繰りのため、街の金融業者や金融暴力団から高利の金を借りまくりながら、片や毎晩、キャバレーやクラブで金を湯水のように使っていた。いったん金の蟻《あり》地獄に堕ちた者は、その蟻地獄から這《は》い上がるのに至難をきわめる。三十数年になるが、あの金の蟻地獄から、いま私がここにいるのは不思議な気がする。

だが、五木寛之が書いているように、私も「金銭というものに対する態度が、じつにいいかげんで（略）コントロールできないほどの浪費癖」がある。金を持っていると落着かないのだ。やはり金を憎んでいるからだろうか、と思わずにはいられないが、それでも金は必要なのである。いつ無一文になるのかわからないという不安が、浪費に走らせるのだ。五木寛之の金銭にまつわる話は身につまされる。

私たちは金銭に翻弄《ほんろう》されながら生きているといっても過言ではない。

「一部の富めるグループはますます富み、大多数は貧しさのなかであくせく働くしかないような世の中は、すぐそこまできているのではないか」

と五木寛之は警鐘を鳴らしている。つねに時代を鋭く読み取ってきた五木寛之の提言は重要である。多くの読者に支持されている秘密、それはまさに『人生の目的』の中に隠されており、そこにこめられている逆説的な意味が核心を突いているからであろう。この偉大なエンターテインメント作家のしなやかで柔軟な言葉の底に一貫して流れているのは内在肯定力であり、人生に対する熱情にほかならない、と私は思っている。

――作家

著者略歴

五木寛之《いつきひろゆき》

一九三二年福岡県生まれ。
生後まもなく朝鮮にわたり四七年引き揚げ。
五二年早稲田大学露文科入学。
五七年中退後、PR誌編集者、作詞家、ルポライターなどを経て、
六六年「さらばモスクワ愚連隊」で小説現代新人賞、
六七年「蒼ざめた馬を見よ」で直木賞、
七六年『青春の門　筑豊篇』ほかで吉川英治文学賞を受賞。
著書に『蓮如』『大河の一滴』『風の王国』『戒厳令の夜』など多数。
英文版『TARIKI』は二〇〇一年度「BOOK OF THE YEAR」
（スピリチュアル部門）に選ばれた。〇二年に菊池寛賞を受賞。
『親鸞』（一〇年刊）で毎日出版文化賞を受賞。
近著に『白秋期』『漂流者の生きかた』などがある。

幻冬舎新書 540

人生の目的

二〇一九年三月十五日 第一刷発行

著者 五木寛之
発行人 見城 徹
編集人 志儀保博

発行所 株式会社 幻冬舎
〒一五一-〇〇五一 東京都渋谷区千駄ヶ谷四-九-七
電話 〇三-五四一一-六二一一(編集)
〇三-五四一一-六二二二(営業)
振替 〇〇一二〇-八-七六七六四三

ブックデザイン 鈴木成一デザイン室
印刷・製本所 中央精版印刷株式会社

GENTOSHA

Printed in Japan ISBN978-4-344-98541-4 C0295
い-5-6

幻冬舎ホームページアドレス http://www.gentosha.co.jp/
*この本に関するご意見・ご感想をメールでお寄せいただく場合は、comment@gentosha.co.jp まで。